eye.

守望者

——

到灯塔去

守望者·香樟木诗丛

过海

100首诗

陈东东 著

南京大学出版社

目 录

语言 1

树下 3

犬目 5

骑手 6

眼眶里的沙瞳仁 8

骑手讲述的第二个故事 10

去大海之路 12

曙光 14

起身 16

点灯 17

雨中的马 18

残年 20

偶然说起 22

在一条街上 ………… 23

黑暗之家 ………… 25

即景与杂说 ………… 27

醒来 ………… 30

俯身 ………… 31

我将 ………… 33

逝者 ………… 35

麋鹿 ………… 37

园 ………… 39

陵 ………… 41

乌鸦 ………… 43

金顶 ………… 45

病中 ………… 47

飞翔 ………… 49

春天纪事 ………… 51

月亮 ………… 53

秋歌之一 ………… 55

秋歌之二 ………… 57

秋歌之四 ………… 59

秋歌之七 ………… 61

秋歌之九 ………… 63

秋歌之十 ………… 65

秋歌十二 ………… 67

秋歌十五 ………… 69

秋歌二十二 ………… 71

秋歌二十四 ………… 73

秋歌二十五 ………… 75

秋歌二十七 ………… 77

海神的一夜 ………… 79

八月 ………… 81

在燕子矶 ………… 83

《谈一九六五年美国诗坛》………… 86

夜曲 ………… 90

老姑娘 ………… 93

傀儡们 ………… 97

袁山松 ………… 107

低岸 ………… 109

映照 ………… 111

自画像 ………… 114

雨 ………… 118

过海 120

跨世纪 124

途中的牌戏 126

眉间尺 129

旅行小说 131

仿童话 133

喜歌剧 136

幽隐街的玉树后庭花 138

应邀参观 144

梦不属于个人 147

全装修 149

奈良 154

译自亡国的诗歌皇帝 155

归青田 156

题《题破山寺后禅院》 159

木马 161

它仍是一个奇异的词 163

七夕夜的星际穿越 165

宇航诗 168

虹 173

如何让谢灵运再写山水诗 ………… 177

南游记 ………… 180

读一部写于劫后的自传 ………… 183

度假 ………… 186

北京人 ………… 188

另一首宇航诗 ………… 190

略多于悲哀 ………… 192

洞头 ………… 195

斯德哥尔摩 ………… 198

运河 ………… 201

澳门 ………… 202

旧县 ………… 205

天水 ………… 208

早餐即事并一年前旧作 ………… 211

东京 ………… 214

杭州 ………… 217

南京 ………… 220

第二圈 ………… 223

酒狂 ………… 225

论语 ………… 229

红鸟 ………… 234

喜剧 ………… 242

断简 ………… 273

序曲 ………… 303

上海童年的七个意象 ………… 313

七十二名 ………… 324

旅程 ………… 390

翅影拂掠 ………… 395

语言

岩石的双肩舒展,军舰鸟的翅膀开阔
太阳像金甲虫一样嗡嗡作响
偶然飞进了白色厅堂

在更远处,橘红的游艇缓缓靠岸
有如另一个盛夏黄昏

我的眼里,我的指缝间
食盐正闪闪发亮
而脑海尽头有一帆记忆
这时镶着绿边
顶风逆行于走廊幽处

当云层突然四散,鱼群被引向
临海的塔楼

华灯会瞬息燃上所有枝头

照耀你的和我的语言

(1983)

树下

树下我遇到滋润先生
梳分头先生,穿礼服先生
我遇到正待操琴的先生

何为悲痛?在遥远尽头

我遇到灼烤龟背先生
瞒过一妻一妾先生

悲痛是大麦、稻米和苞谷之泪

树下我听古歌一曲
落发纷纷一曲
岩石制造黄昏的一曲
树下所有的龟背干裂

我的气候海洋变红

人们朝着粮仓围拢,粮仓饲养
悲痛的鸟儿

树下我遇到诗歌先生
谈情说爱先生
树下我听蛙鸣之歌
礼服甩在草间
赤膊先生砸向了池塘

树下我遇到词语溅起星空的先生

(1984)

犬目

犬目也是夜灯。同一张脸上
十万犬目张开彼城
自丛生的芦苇朝忘川闪烁

你到此岸已经多年
坐于石上,想象那尾
横躺的船

每夜,天犬都会让华灯满城
十万犬目令你惊心

坐在风中
你周遭的芦苇高于星空

(1984)

骑手

很久以前的天空
太阳如一盆带黑的牛血
有琴弦绷紧的星宿,有寒冷的星宿
和正午时刻的一片寂静。在它下面
条条山脊如一柄柄钢刀
刀口正对着粗糙的北风

如避居山林的光脑袋先知,鹰
从深厚的积雪里缓缓飞出
伸展开翅膀,在悬崖和大海间
一动不动

鹰也来自闪烁的刃光,在出山的路口
从新月般凹陷的注目之中
伸展开一条宽阔的河

骑手的英姿，伸展开季节

这个唇如薄冰的人，鸳鸟的发型
酒壶里深藏着鱼群的呼喊
他一路播撒他的故事
豺狼的故事，蜥蜴和龙舌兰的故事
从嶙峋的山地直到平原
直到炎夜喧嚣的集市

于是我为他打开城门
发现他眼里，有纯洁的盐

（选自组诗《眼眶里的沙瞳仁》，1985）

眼眶里的沙瞳仁

我所有的黄昏,是军舰鸟黄昏
是戴胜黄昏,是响尾蛇和巨浪腾跃的
同一个黄昏,乱石之上
落日如一粒沙制的瞳仁

我想要溶化的风景,是沉静的风景
秋虫们张开透明的折扇,像七星串起
金属的夜,初月被我的锁骨穿透

这就是我所看见的,通过那粒奇异的瞳仁
大地不断跌落,直到沙漠和海底深峡
那些软体动物的缝隙,甲壳贝类的远古
蔚蓝的大气将它们包围
我的思绪被目光牵引

沙制的瞳仁有季节的眼眶

骑手之眼，马之眼，我追随之眼和

原野或风或记忆之眼

我想要溶化沉静的景象，我想要进入的

是颠覆自由的自由的梦境

远离高墙和阴影之墙

高天的冷空气充注黄昏，充注进此夜

又一夜冷空气，眼眶里的沙瞳仁重合于满月

      （选自组诗《眼眶里的沙瞳仁》，1985）

骑手讲述的第二个故事

刀子不知动物的体温,刀子不懂
自己的体温。刀子不解寒光多么冷
在一个黎明,在太阳之河
尚未流向原野的黎明
它已经割开了一头红狼

握紧刀子的手,也是紧握缰绳的手
也是触发爱情的手,当手中钢刀
变得滚烫,热烈地刺向女人的身影
那红狼一跃,遮挡住天光,黯淡了星光

而在大雪覆盖的修道院
末日围困的绝对境地
脱俗的塔楼有刀子的形状
有镶花玻璃,有能够看清羊群的

窗户——悲歌与颂歌

有着刀一样激越的表达

这一夜,带刀的男人穿过林带

看见了他所思念的人

她从浴后的月色里现身,赤裸

僵硬,有着刀鞘般深邃的投身

（选自组诗《眼眶里的沙瞳仁》,1985)

去大海之路

远到橄榄树倾斜的海口
在孤挺花肺形草蔓延的节日
港湾平台下沉重的葡萄园
被卷层云猎手的天气劫掠
而夕阳捕获了归来的航船
一只沉思默想的大鸟
从我的意愿里殷红地回落

我踏上途程的时候,我的眼里
铺展开草原,我掸去鞍上尘土的
时候,我的想象起了波澜
这是去大海之路,指向另一片海
不同于钢铁和塔吊的海
不同于恐龙抓斗和鸥鸟从煤烟里
掠过的海。这是去大海之路

指向岛屿和灯盏,扩展洪钟的声浪
被叠加的暴风云重重阻隔

海的马群浮泛于日光
骑手引导着,响亮地拍打

(选自组诗《眼眶里的沙瞳仁》,1985)

曙光

暗藏玻璃球内部的晴沙
墙底深埋的一对对瞳仁
孤岛橡树上石虎鱼垂落
大大小小的冰山沉浮

当我已死,通体明澈的
蓝玫瑰之鹰的锋利趾爪
将我抠紧,炫耀的翅膀
遮住了我……现在轮到了

它们逃离:水和大气
钻石塔尖刺破的白昼
那循环周行的突然休止
再也不会从眼前上升

黑暗未及覆盖的地方
有谁还活着,仍在对我
指指点点,当我已死
回归地脉透望着人世

我会仰见影射的魔法师
另一种骑手,变幻一张张
白银的脸,黄铜的脸
身体如一件玄衣瘦削

他奏弄驱驭新晋的亡灵
让箭镞埋没进顽石
令雨滴把屋瓦击穿
他避免照见生面的灰镜

照见我眼眶里隐映的曙光

(选自组诗《眼眶里的沙瞳仁》,1985)

起身

清晨也是欲望苏醒的时刻
是饥饿之鸟飞离峭壁的时刻
是想晒太阳之鸟飞离峭壁的时刻
也是寻找幸福之鸟飞离峭壁的时刻

清晨也是精神抖擞之树
开满蓝花的时刻,在心的航空港
血液之旗升上顶端,一架飞机划开了云天

清晨也是雄心勃勃之日跃出大坝的时刻
等到我终于穿好了衣服,窗下能听见
鱼群歌唱,也能看到上学的孩子

(1985)

点灯

把灯点到石头里去,让他们看看
海的姿态,让他们看看古代的鱼
也应该让他们看看亮光
一盏高举在山上的灯

灯也该点到江水里去,让他们看看
活着的鱼,让他们看看无声的海
也应该让他们看看落日
一只火鸟从树林腾起

点灯。当我用手去阻挡北风
当我站到了峡谷之间
我想他们会向我围拢
会来看我灯一样的语言

(1985)

雨中的马

黑暗里顺手拿一件乐器。黑暗里稳坐
马的声音自尽头而来

雨中的马

这乐器陈旧,点点闪亮
像马鼻子上的红色雀斑,闪亮
像树的尽头木芙蓉初放
惊起了几只灰知更鸟

雨中的马也注定要奔出我的记忆
像乐器在手
像木芙蓉开放在温馨的夜晚
走廊尽头
我稳坐有如雨下了一天

我稳坐有如花开了一夜

雨中的马

雨中的马也注定要奔出我的记忆

我拿过乐器

顺手奏出了想唱的歌

(1985)

残年

黑暗里会有人把句子点燃
黑暗并且在大雨之下
会有人去点燃
只言片语,会有人喃喃
低声用诗章安度残年

在青瓦下,在空旷的室内
会有人用灯把意义点燃
会有人惊醒
独自在黑暗里
听风吹雨

   独自在窗下
会有人看清点燃的街景
马车驰过,似乎有千年

早已在一片夕照里入海

马车驰过,像字句被点燃

会有人看清死已可期

(1986)

偶然说起

老式汽车的乌鸦姿态,老式人物的
圆形眼镜
　　　　电文,纸,黄铜钥匙
几本旧书脊背烫金,细小的字句

描绘月亮。铁桥伸展,在更早的年代
我努力猜测水流的方向
江堤之上,我开始了秋天的
另一种触摸:细沙的腰肢
玉簪花之乳,锁眼正被我慢慢打开

我生于荒凉的一九六一。我见过梦境
在水面徐行。我偶然说起
我细察记忆和情感的纹理

　　　　　　　　　　　　　　(1986)

在一条街上

从早到晚,雨燕的身姿不断伸展
翅膀张开像江上的铁桥
从一条街到另外一条街

从一条街到另外一条街
我走过坡道,拐向堤坝
每一片风景都同样陌生
他们穿着红色的衬衫
到高墙之下低语、沉默

黑河,旧船坞,沉默的声音和
古老的声音。现在我走进
第三百条街
出轨的废车厢在它的尽头
我拍拍双手,看黄昏转暗

在锈蚀的车头跟秋天之间
我知道一切都想要歌唱

(1986)

黑暗之家

秋光深处是一座仓库
黝黑的河流
沉船已成鱼群的家
寂寞尘封的长窗以外
秋天的人们在桥上停留

仓库已经只剩下空旷
比河上的风景还要空旷
我拍打墙壁,击掌高叫
蝙蝠像灰尘从回音里掉落

黝黑的河流切开都市
两岸的光芒形成了黄昏
我穿越陋巷,迷失进仓库

那些鱼群逆流折回

进入的也会是同样的黑暗

(1986)

即景与杂说

突然间,一切都活着,并且发出自己的声音
一只灰趾鸟飞掠于积雨的云层之上

八月的弄箫者待在屋里
被阴天围困
他生锈的自行车像树下的怪兽

*

正当中午,我走进六十年前建成的火车站
看见一个戴草帽的人,手拿小锤
叮叮当当
他敲打的声音
会传向几千里外的另一个车站
细沙在更高的月亮下变冷

*

这不是结束,也不是开始

一个新而晦涩的故事被我把握

一种节奏超越亮光追上了我

凌晨,我将安抵北方的城市

它那座死寂的大庭院里

有菩提,麋鹿

有青铜的鹤鸟和纤细的雨

赤裸的梦游者经过甬道

拔下梳子,散开黑发

她跟一颗星要同时被我的韵律浸洗

*

现在这首诗送到你手上

就像敲打借助铁轨传送给夏天

就像一只鸟穿过雨夜飞进了窗棂

现在我眼前的这片风景

也是你应该面对的风景

一条枯涸了一半的河

一座能容忍黑暗的塔

和一管寂寞于壁上的紫竹箫

那最可以沉默的却没有沉默

(选自组诗《即景与杂说》,1987)

醒来

多少个夏天过去以后
记忆要收缩。我从南方的
星下醒来,要再次倾听
石头网罗捕物的声音

树的亮光要重新喧响,穿过
弯曲成圆的走廊,为死亡提供
又一个反证。水鸟翻越大麦的高坡
要栖于同一片因枝条柔韧而翻卷的海

多少个秋天到来的时候,落帆的太阳
要沉入梦境,当细沙把月下的
窗棂淹埋,我走出露水和
睡眠的庭院,要去看一尾逃脱的鱼

(1987)

俯身

昔日的阴影覆盖着,在八月的北方
我俯身察看翻倒的枯树,听见一只鸟
自天廷最高处为生命歌唱

用去了整整一个下午,我走出城门,穿过
吮吸太阳奶汁的花园,云影之下的
大开阔地,和两山之间矮小的凉棚
我俯身察看翻倒的枯树
它横陈于干涸的河床里,如同一根牛的胫骨

是谁曾经歌唱过它?在夏季的一场豪雨之后
声音跟鸟儿一样嘶哑
是谁曾经经过了这里?走上石头的防波堤坝
把最旺盛的生命,赋予绿海中新生的枝条

而昔日的阴影覆盖着

在八月的北方

叶脉奔走的每一声喧哗都提醒我

我裂开的嘴唇粘满砂粒

我俯身察看翻倒的枯树

(1987)

我将

我将从具体细小的开始　观察水的
皮肤　触摸树的纹理　倾注于
四叶翅膀的蜻蛉　这绿色的
狭长的　得以滤尽阳光的虫
在八月最初的日子里生长

在不断的光中　高大的香椿
开放相同的白色花朵
失眠的禽鸟　红色忧郁的禽鸟
自金星消失的处所重临　用梦境
夜半　代替八月晴好的一天

阴影　孤寂　幽深和凉意
出门行吟的要把它委弃
这是在最为旺盛的一季

海马升至表面　巨蛇行于草尖
天鹅有了它

　　　　　　入侵的女子
而最为清澈的嗓音是诗　来自
具体和细小　终将演义历史
变成辉煌酸涩的果实
下一个大时代危险的蛋卵

当我从更高处俯察这八月　我看见
在破碎的事物之上　在琐屑
混沌　黑颈的候鸟　秃顶的兽类
潜行的鱼和另一株耀眼的
香椿之上　完备浩大的音乐唱奏

一个找寻精确高洁的
　　　　　　　　更比我深入
他接受一对兄妹的指引　他倾心
专注　穿透幽隐晦暗的机密
面对八月　大雪耀眼的熊熊火焰

（选自组诗《八月》，1988）

逝者

逝者的秋天有合适的浓荫
幻想琴瑟
　　　　　　永远跟随的手
无边青草遮覆了骨头
一个弹拨夜　一个超度日

星和旗帜又要消隐
意味深长的菩提树下
黄金之弦
　　　　　分开两种梦境之死
让一个迷醉于八月的醒来

最终的姿态在大陵园里
如一阵风　越过冷而锋利的
刀　夏天的果实被他分发
那飞鸟呆滞的影子

在长窗玻璃前成为剪纸

在街上　我看见我　和跟我
相似的倾听之人　走进
五百年前的高墙　去触摸毛发
正午之石　死于弹拨的鹤
以及又一次难得的冥想

最终的居所有合适的亮度
泛黄的书卷　从寂寞到空旷的
每一个字眼　他又缄口于
禽鸟的超度　在超度之日
他所分发的不同音乐是

不同的方式　唯一的菩提
唯一的凉爽　当众花护持
逝者的身份　华贵
易落　在大陵园里
有如诗篇在这个八月

(选自组诗《八月》,1988)

麋鹿

(写给柏桦)

麋鹿被倾听,被记忆指点
簪满了秋天的山之鬓发
一条大江逶迤而来
抵达下一个追忆的夜

麋鹿于野,在梦想幽处
对应天上的哀怨之星
坐进轮椅的亲王空殿
仅仅有尘封的青铜鹤鸟

特定的词儿提供应用
分配特定的吉兽珍禽
两个诗人用嘴编织
吐纳又一匹季节锦绣

麋鹿远离,星散了首饰

深藏于亲王残废的山中

麋鹿的铃声夜半滴落

两个诗人,倾听和指点

    (选自组诗《秋天是迷宫向西的部分》,1989)

园

植物们有了训练

它们的渴望得到了纠正

它们向往同一个下午

同一个下午,鸟栖,叶落

安详的琴师随意拨弄

六七个人在园中醉饮

六七个人,排演浓荫和

草木,躲避坏的消息

耳朵深处或指尖之上

音乐隔离开秋天

高士飞翔着经过

苦竹下深埋嗜酒的嘴

吟咏的声音长出

暗合弹奏和心，植物们
共同恢复，盛开，怒放
愿意为古代的俊杰怀孕
植物们打开水底的门
一封信递送到园丁手中

（选自组诗《秋天是迷宫向西的部分》，1989）

陵

石头仍然在风中坚持
示意它们最后的下场
风景已一天天烂下去
这圆,这倾斜
这无所指的排列和高耸
它们抗拒沦陷的时代
一个荒芜和丧失的时代

梦之火焰依然纯净
照临重新返回的日子
火焰鼓励失意的人
高贵种族的秘密传承
他抗拒疾病和别的衰败
种植恶毒的玫瑰
播撒星辰之绝望

风景已一天天烂下去

胸衣打开,裸露出迷宫

凝神的石头,冰凉的石头

每一朵简洁的火焰

每一朵喑哑的火焰

它们接纳秋天的同类

一个在风中坚持的人

(选自组诗《秋天是迷宫向西的部分》,1989)

乌鸦

尖顶之上有新的开端
象征太阳精神的鸟
也象征时间和灵魂的症状
放眼所见是它的飞翔
——完全的风景
完全的美加上沉沦的一季

秋天是迷宫向西的部分
暮年热爱历史的部分
预兆之鸟用翅膀切入
这控抟白热的秘密使者
停于高处,统揽大局
跟眼下的黄昏合成了一体

它检阅每一件打开的物质

所有的喙争抵向那极端
说出直指疼痛的书
针针戳入见血的书
它经历永昼变成了夜
自一个终点扩散开来

(选自组诗《秋天是迷宫向西的部分》,1989)

金顶

雪山最为宁静的高处
那被人称作天堂的集市
花朵是火焰的阴唇和嘴唇
沉思默想的菩提已充满
谁的手一翻,手指轻弹
智慧的微笑在春天被领悟

出门的黄金眼睑的女儿
顺着坡道接近了正午
她驻足、侧耳,她听懂了
太阳无声的训诫
身影收缩成圆满的一轮
她周围的雪山生长、凋谢
银色的屋顶。飞鸟。光

花朵是火焰的阴唇和嘴唇

蜥蜴们等待炼金的夏季

雪山最为宁静的高处

天堂的女儿到达了正午

那作为背景的钟声传诵

那作为文字的苍鹰长鸣

谁的心安详、洞明

并为她打开了第一扇门

(1989)

病中

病中一座花园,香樟高于古柏
忧郁的护士仿佛天鹅
从水到桥,从浓荫到禁药
在午睡的氛围里梦见了飞翔
——那滞留的太阳
已经为八月安排下大雨

一个重要的老人呻吟
惊动指甲鲜红的情人:抚慰
清洗、扣弄和注射
他陈旧的眼眶滚出泪水
抵挡玫瑰和金钱的疼痛

隔开廊道,你身凭长窗
你低俯这医院里酷暑的风景

阴云四合，池鱼们上升

得病的妇女等待着浇淋

正当你视线自花园移开

第一滴雨

落进了第一个死者的掌心

（1990）

飞翔

飞鸟毁于高度,体系错乱幻想
一根桅杆被风删除
婚礼的乐队飘过了天际

在医院里,护士长率领燕子旋舞
拐进手术间危拔的黎明
当你从七号加床醒来
血液依旧持续着梦

近海,狮子出入阳光码头
平台上港务长正在早餐
他珍爱的独生女
已经裹挟进信号旗升起

——你拉着她轻掠

纵越花园最高的树梢
药味弥散的蓝色雾气
在喜悦之下

一扇窗打开——那扇窗
打开！吹口哨的星座
把梯子伸进你白昼的病房

(1990)

春天纪事

隔山西沉的太阳又能够
点亮这景色。被打开和提升

热空气鼓荡的降落伞之上
一架飞机返回了暗夜

大风牵扯你向北
飘过弯曲的钟楼

简单的足球场同学少年追逐着
爱情，没入叫不出名字的树林

更接近目的
在你要着落的春之黄昏

河流镜面上机器驳船放声歌唱
乡村的父亲无所事事

(1990)

月亮

我的月亮荒凉而渺小
我的星期天堆满了书籍
我深陷在诸多不可能之中
并且我想到
时间和欲望的大海虚空
热烈的火焰难以持久

闪耀的夜晚
我怎样把信札传递给黎明
寂寞的字句倒映于镜面
仿佛蝙蝠
在归于大梦的黑暗里犹豫
仿佛旧唱片滑过了灯下朦胧的听力

运水卡车轻快地驰行

钢琴割开春天的禁令
我的日子落下尘土
我为你打开的乐谱第一面
燃烧的马匹流星多炫目

我的花园还没有选定
疯狂的植物混同于乐音
我幻想的景色和无辜的落日
我的月亮荒凉而渺小

闪耀的夜晚,我怎样把信札
传递给黎明
我深陷在失去了光泽的上海
在稀薄的爱情里
看见你一天天衰老的容颜

(1991)

秋歌之一

秋天暴雨后升起的亮星推迟黑暗!
玫瑰园内外,洗净的黄昏归妃子享用,
被一个过路的吟唱者所爱。
羊牛下来,谁还在奔走?
隐晦的钟声仅仅让守时的僧侣听取。

海波排开的狮子门行宫落下了王旗。
精细的发辫。泉眼和丁香。
火焰。喷水池。与半圆月相称的年轻女官
从中庭到后花园,微光中诵读写下的诗篇。

微光中诵读,这千年之后泛黄的赞颂
在她的唇齿间。当伟大的亮星
破空而出——啊南方,扇形展开了水域和丰收!
艳紫凉亭下忧心的皇帝愈见孤单,

命令掌灯人燃起了黑夜。

夜色被点燃,如塔上的圣诉,
聚集人民和四散的鸟群。
妃子倾听,美人鱼跃出——
啊吟唱者,吹笛者,他独自在稻米和风中出没,

仰面看清了旋转的天象。
他步入民间最黑的腹地,以另外的火炬,
照耀蓝色的马匹和梦想。
而醉于纸张的皇帝却起身,
赐福露水、女性和果实。

伟大的亮星!亿万颗钻石焕发出激情!
两种不同的嗓音正交替——羊牛下来,
谁还在奔走?诗篇在否定中坚持诗篇,
启发又慰藉南方的世代。

(选自《秋歌二十七首》,1991)

秋歌之二

海光自底部上射,天狼星划开了云天。
海神,梳理着——
他那以洋流为鬃毛的快马,他爱情的
快马,配合广阔的秋之大气,
在耀眼的仪式里横跨此夜。

一种新的力量铭刻。一种新的力量正
突围!——那集合起食盐的
养育生命者,催赶爱情的快马,
从咸血到人类之母。

女英雄。女武士。以大鱼为舟楫的
海上女猎手。
她们的三叉戟掷出又飞回——
激刺、屠戮、剖开和剥离,

夺取了肝胆中黑铁的雷霆。

但她们得不到最初的闪电,唯一的
钻石,带血的嗓音,
以及隐匿于海和秋天的,一粒珍珠,
一粒珍珠,九月的爱情里饱满的籽种。

一种新的力量显现。海神,
敞开着——在作为沃野的鱼形水域间,
星光如片片抖落的鳞甲,
被三只乳房的巨人们播撒。
女英雄。女武士。以大鱼为舟楫的

海上女猎手。秋天的光辉把她们映衬,
直到爱情横跨了此夜。
她们在易变的天狼星下,迎风舒展,
置身自己于海神的丰收里。

(选自《秋歌二十七首》,1991)

秋歌之四

那信号手升上海的高巅,
当旗语倾洒着忧郁和喜悦,
一艘船翻越季节的丛林——
又驶过甬道,在众星的白昼,
要返回万神移居的港口。

——哦秋天,一台榨汁机伴随劳动,
工人把血液混进了酒浆。
而一个天才为他的人物
安排下诗句:"去活,去睡,去死:

也许会做梦!"——太阳正落向
海上鸥鸟争先的体育场。
在船头,那出戏被一些岛屿人
排演,信号手攀向桅杆的顶端,

——当旗语倾洒着忧郁和

喜悦,复仇的王子,
看到了巨鲸喷出的火炬。
这黄昏之光持续到深夜,
新的鬼魂要登场申冤。

——哦秋天,一台榨汁机伴随劳动,
工人把血液混进了酒浆。
悲剧冲突在黎明完成,
众星的白昼,又有一艘船
要返回万神移居的港口。

那信号手升上海的高巅,
当旗语倾洒着忧郁和喜悦,一个天才
安排好结局,——太阳正落向
海上鸥鸟争先的体育场。

(选自《秋歌二十七首》,1991)

秋歌之七

幻想的走兽孤独而美,
经历睡眠的十二重门廊。
它投射阴影于秋天的乐谱,
它蓝色的皮毛,
仿佛夜曲中钢琴的大雪。

它居于演奏者一生的大梦,
从镜子进入了循环戏剧。
白昼为马,为狮子的太阳,
雨季里喷吐玫瑰之火。

满月照耀着山鲁佐德。
大蜥蜴虚度苏丹的良夜。
演奏者走出石头宫殿——
那盛大开放的,那影子的

花焰,以嗓音的形态持续地歌唱:

恒久的沙漠;河流漂移;
剑的光芒和众妙之门;
幻想的走兽贯穿着音乐;夜莺;
迷迭香;钢琴的大雪中孤独的美。

山鲁佐德一夜夜讲述。
演奏者猩红的衣袍抖开。
一重重门扉为黎明掀动,
那幻想的走兽,那变形的大宫女,
它蓝色的皮毛下铺展开秋天。

醒来的大都晨光明目。
弯曲的烟囱;钟声和祈祷。
喧响的胡桃树高于秋天,
幻想的走兽,又被谁传诵?

(选自《秋歌二十七首》,1991)

秋歌之九

广场的秋天,一柱喷泉拥抱它自身,
核心里升起微弱的火,
——一节节变亮,如下午的诗篇——
喷泉在陈旧的书页间激射,
持续盲诗人泛黄的梦。

鸽子则伴随醒目的大字眼,在半空
列队,筛选着记忆。
旧时代的光芒会透过它们,
照耀跃出水面的雕塑,并且轻击

一枚枚浮起的银灰色钱币。
——鸽子又争食英雄的面包,
而词语的残渣,
被一群放学的男孩分享——

尖锐的嗓音与铁哨子混杂。

纪念碑刺破——比喷泉更耀眼,
盲诗人走进了亮光的合唱。
他的身影被过分拉长,
——这与他诗篇的加速度

相反。——蓄水池里,
陈旧人物一天天消瘦,再也保不住
英雄本色。男孩的脏话轻描淡写,
经过雕塑,仿佛那火焰,
映照广场的寂寞之秋。

一队鸽子降落下来,一队鸽子
成为喷泉溅开的往事。
它们是盲诗人唯一的寄托,
它们正围绕纪念碑低鸣。

(选自《秋歌二十七首》,1991)

秋歌之十

那么在一辆大客车前座,一个火命的自传作者
对秋野凝望——开阔的玉米地,
面色焦黄的中年村干部土冈前小便,
而一对野合的兄妹从田垄滚向那沟渠,
正当一片云遮挡了下午最毒的日头。

七叶树滤去更多亮光,
细腰姑娘努力挤压着
季节的乳房,靠近退潮的浅海草地上,
灰色小公马迷失了方向。

一个火命的自传作者如一粒麦种,
要在这秋天向世人提供多一点自我。
那么在一辆大客车前座,
他打开他珍藏的童年日记:菊花枯萎

概括了他的每一种生活。

完好的记忆里,那枯萎的菊花
变得更绝对。当大客车拐向一座城市,
菊花重又夹回了日记本——
锦缎封面上,褪色的风景

满含着忧郁——满含着忧郁,
黄昏落向了后面的秋野,
自传作者穿过停车场又看见新月。
——新月仿佛另一本新书,
把他的城市朝梦想运送。

那么终于在公共墓园里,一个火命的
自传作者完成了构想。
他拍打瘦小的大理石碑牌,他满意地
轻叹——拍打瘦小的大理石碑牌。

(选自《秋歌二十七首》,1991)

秋歌十二

农事被驱赶得更远,月亮掠过了
井栏……负载丰收又
失血的母亲依旧要播撒。
在开阔的鱼背上:旧梦梳理海波,
落日为物质而垂亡;

在倒映于天上的伤口隐痛里:
新的世代行进到秋天,
那革命的小儿子
心飞向河汉!

——一片金属击穿大气,
一片金属正奔出人间。
巨大的航天城,无限泛滥的
光芒和钻石。无限泛滥着,

中心指挥塔代替了启示。

而母亲。而旧梦。而
落日……掠过井栏的月亮又
照耀。白色的光华
是为谁倾泻?

——那革命的小儿子心飞向河汉,
那革命的小儿子
长出了翅膀! ——
鱼群和烈火被驱赶得更远,
失血的伤口,暗含农事。

巨大的航天城日益繁忙,
又有谁独自在秋风中仰望?
他看见的星体有火红的大海,
有七重光带,构筑起夜景……

（选自《秋歌二十七首》,1991)

秋歌十五

季节在鞍上挥鞭,秋山一夜夜更红。
那曾经有过的缓慢时日
加快了速度。
——在季节的驱策下,
事物的马蹄已踏弯灵魂!

一棵树超出高耸的瞭望塔,
去照亮退却中变暗的海域。
一只信天翁收拢翅膀,
它所追随的太阳正沉沦。

那曾经有过的缓慢时日加快了速度,
秋天的来者再不能停歇。
——在季节驱策下,秋天的来者
历尽风尘,眼下又穿越

最后一大片穷街陋巷。

他听到空中催促的声响。
他看见出血的秋山在死去。
——事物的马蹄已踏弯灵魂,
而黄昏的斜坡上站满了骨头。

季节在鞍上挥鞭,一棵树落叶纷扬。
那曾经有过的缓慢时日
加快了速度。
——在季节驱策下,
落日重新规定着方向。

秋天的来者翻越这黄昏,
秋天的来者要重新收获,
他投身于退却中变暗的海域,
如大风一阵进入万顷期待的玉米地。

(选自《秋歌二十七首》,1991)

秋歌二十二

夜营的角声吹破,降下了第一场寒霜。
寺僧在井口屏息谛听,
汲水的辘轳戛然停转。
——两轮明月间,盛满黑暗的
木桶空悬。

七宝琉璃塔却得以俯瞰,
隔墙的兵站里有人正换岗。
连长熄灯,又点燃一支烟。
打杂的下士愁接千里。

亦枯亦荣的大师在塔中。
亦枯亦荣的大师在
飞翔——一个身姿滑过夜空,
从河汉此岸

缓慢地渡送。

从河汉此岸缓慢地渡送秋天的火焰，
那空悬的木桶里
多出了一颗星——降下第一场寒霜的
夜晚，当寺僧在井口

屏息谛听，夜营的角声吹破，
下士愁接千里防波堤
又一轮月亮。
秋天的火焰如苍白的思乡病，
从星座一直到寂然的深井。

亦枯亦荣的大师在飞翔。
亦枯亦荣的大师在
消失。七宝琉璃塔却得以俯瞰，
隔墙的兵站有人正入梦。

(选自《秋歌二十七首》，1991)

秋歌二十四

从那些鹞鹰的宽脊背上,一场风暴
就要被卸下。一场风暴,
就要掠过闪耀的秋天,并且削开
圣城隆重不朽的金顶——
它的铁会刺进石头瞳仁。

它的刀锋在速度中卷刃,
也仍旧要划破季节的皮肉。
它抢走杆头火焰的大旗,用声音灌满
守护神巨大干涸的水槽。

从那些鹞鹰的宽脊背上,风暴如伞兵
要落满屋宇。
圣城的街巷已经被胀破,
长窗玻璃在呼啸里裂碎,一座座

花园,朝向冬天荒芜和颓废。

这风暴的冲锋队摧毁得更多,
权力的肝胆因它而
病变。市政厅里,
元老们追逐飞舞的纸张,

再也顾不上屏风背后裸体的女护卫,
以及世道,以及大势,
以及电视台高塔播撒的形象和
紧急动员。
当一盏灰色的明灯照耀,

这风暴的趾爪又一次撕扯,
——镜子、面纱、容颜和头盖骨。这风暴的
翅膀,从那些鹞鹰的宽脊背展开,
驱策圣城,又把它笼罩。

(选自《秋歌二十七首》,1991)

秋歌二十五

当歌剧院最后的一盏灯泯灭,
女高音的尖嗓子
会刺瞎双眼;当悲愤的王者
从山上下来,并且一只鹰
再次穿透他剧痛的瞳仁——

这个秋天已临近终结,
金星要剖开短暂的一生。
就像蝮蛇吞咽下菊花,
命运的冬天摧毁了决心!

合唱队蔓延,在瘟疫之邦,
带着同样黑铁的坏消息。
高大建筑的上层包厢里,是怎样的
倾听者,埋首于裙裾的锦绣深处,

不相信死亡有真理做剑鞘。

那双重身份的女高音扼腕。
那双重身份的女高音咒骂。
那泛白的欲望休止于崩溃,
金星刺入了沉沦的肉体。

"噢我母亲!"当悲愤的王者
从山上下来:"噢我后妃!"——
他罪孽中必然的鹰又要展开,
伴随黑暗里又一场变奏,
掠过歌剧院黄金的斜坡。

而金星更加锋利地划破,
合唱队蔓延在瘟疫之邦。
这个秋天已临近终结!惩罚的乐音里,
无限狂喜的头颅正朝向盲目的幸福。

(选自《秋歌二十七首》,1991)

秋歌二十七

蓝天深处有一驾马车……它对应于
海盆里透明开合的水母,
升向太阳国度的玻璃塔。
丰收的南方,无限漫游的众鸟的使者——
那嗓音嘶哑的歌手在死去,

——他仰面等待着形象跃出!蓝天深处,
大裸体展开了全体星座。
这十二月的白昼。这十二月的
上午,一驾马车疾疾驰行,

黑脸的挥鞭人越过了界限。
黑脸的挥鞭人自秋徂冬,鼓荡的大红袍
正抖落阳光,而歌手已汇入
向西的洋流——他奔赴死亡,

等待着形象从词语里跃出!

他等待形象从诗篇里跃出,
一座花园随海盆旋转。
军舰鸟飞掠最高的银杏——涨潮的植物,
此时在一场大雪中闪耀。

蓝天深处马车正翻覆,朵朵火焰
愈照彻虚空。这十二月的白昼,
这十二月的上午,
大裸体展开全体星座,
上升的玻璃塔收回了季节。

那无限漫游的众鸟的使者,
嗓音嘶哑的歌手在死去。一组形象
破空而出——在蓝天深处,
黑脸的挥鞭人狂吐着碧血。

(选自《秋歌二十七首》,1991)

海神的一夜

这正是他们尽欢的一夜
海神蓝色的裸体被裹在
港口的雾中
在雾中,一艘船驶向月亮
马蹄踏碎了青瓦

正好是这样一夜,海神的马尾
拂掠,一支三叉戟不慎遗失
他们能听到
屋顶上一片汽笛翻滚
肉体要更深地埋进对方

当他们起身,唱着歌
掀开那床不眠的毛毯
雨雾仍装饰黎明的港口

海神,骑着马,想找回泄露他
夜生活无度的钢三叉戟

(1992)

八月

八月我经过政治琴房,听见有人
反复练习那高昂的一小节

直升飞机投下阴影
它大蜻蜓的上半身
从悬挂着鸟笼的屋檐探出

我已经走远,甚至出了城
我将跃上高一百尺的水泥大坝
我背后的风
仍旧送来高昂的一小节

郁金香双耳,幻想中一只走兽的双耳
鳞光闪闪的鲋鱼的双耳
则已经被弹奏的手指堵塞

八月,我坐到大坝上

能够远眺琴房的屋脊

那直升飞机几乎跟我的双眉

齐平:它是否会骑上

高昂的一小节?

——这像是蜻蜓爱干的事

(1992)

在燕子矶

从南京燕子矶俯首看江
中午,猛烈的风在驱赶云影
仿佛一匹马追紧白昼
我的身边,才认识两天的
保险公司姑娘
敞开了明亮阳光的胸

*

她大玻璃窗的办公室里
电话铃急切
惊动了专心打牌的见习生
货运险主顾找不到她
而她的身体,此时正探向
扬子江上少有的宁静

*

铁船。安全帽
橡皮传送带喷射煤炭
下面小码头
一粒死亡在慢慢长大
它的硬核点染锈迹
它桃子般的表皮有色情的细毛

*

大江如同巨蟒
云影的花斑在水面翻滚
燕子矶上,我的手捺出铁栏和
旧机器——我指点她注意
对岸葱茏中一根旗杆
什么样的梦想已攀到顶端

*

什么样的乳房开出了花朵

一瓣嘴唇,被水鸟柔弱的羽翼轻拭

她的腰款送。她的

公文包,在我们上方的草坡闲卧

我放置其中的《鲁拜集》发烫

波斯的一行诗正适合燕子矶

(选自组诗《插曲》,1993)

《谈一九六五年美国诗坛》

在大雪之上飞机越冬

高保真音响播放莫扎特

反光的十二月,大西洋倾斜

那洲际旅行的银行家醒来

他梦游的笔记本

已满载离太阳近一点的诗行

*

市郊,新建的航空港

被迫关闭,甚至指挥塔

也几乎深埋

雪线之下,一朵苍白的火焰

疾行,一支为人民服务的军队

要与天奋斗

＊

我花两个月读一本书
窗台上收音机
又传出吉尔伯特的声音
相对于音乐,这声音实在
没啥了不得,但他说
"诗是宏大的见证"

＊

铲雪的推土机努力进取
我猜想恐龙
也曾经去抵抗上一期冰川
推土机红色的身躯在摇晃
在一群欢闹的小学生中间
在离我百米的大佛寺门前

＊

市民们要在雪灾里拼命
不知道有人打云上度过
那个人享用的阳光太多
舒适和便捷都太过分。为了补足
自己的形象,他甚至学诗
他其实只是想"合适或新奇"

*

我花两个月读一本书
我也在这座遭劫的城里
想象我能够安下心来,听信
一把刀,对几十年前的诗歌情状
刮骨疗毒。但"教授们回家,
一点也不心乱的样子"。

*

我继续倾听。我认为他
说得好!尤其因为眼前的大雪
当大西洋倾斜,在反光的十二月

我所在的城市已越来越滑向

负数和深渊——

"当初它靠什么得以兴起?"

(选自组诗《插曲》,1993)

注

杰克·吉尔伯特《谈一九六五年美国诗坛》(霍华德·奈莫洛夫编《诗人谈诗》,陈祖文译,生活·读书·新知三联书店,1989)。

夜曲

深红的弦歌不像春风
它不让听者回顾少年情怀的
燕子，或如幻想
用午后风景的轻薄火焰
熔化往昔渐暗的白银
它重于心事，它重于一副
耳朵和头脑——夜曲比夜色
更增添夜行人希望的负担

那也是灵魂弯曲睡意的程度
被失眠的群星照耀并刻画
一支乐队飘浮于天际
又同时沉沦进对称的梦中
一柱喷泉，在菩提花一瓣瓣
打开的寂静里攀上了高音

——华彩的金鱼在下面洄游
有如音乐里寄身于奏鸣的

拟喻霓虹，从水的虚无到
光芒的虚无。夜行人抵达了
旅程尽头，终止于极限的
经验堤坝——这堤坝阻挡
一片多么茫然的旧海
……更为茫然的是他的倾听
心事为遗忘叠加心事
涛声上紧了夜曲的发条

而深红的弦歌浮出旧海
它催人欲老，它完结一个人
——它休止的虚无
重于充沛一生的大梦
当夜行的倾听者穿越睡眠
复活般提前从寂静里醒来
新我要让他看见一柱
新的喷泉，喷泉下金鱼

又一次洄游。那也是希望
是希望对灵魂的逆行上溯
在不断反复的夜曲中弯曲
相同的时间要再被经历
仿佛昨日一颗星辰
会划开今夜一样的眼睑
深红的弦歌把循环的命运
注入了奔赴死亡的血液

(1995)

老姑娘

致力于一行枯燥的诗
以代数为法则
将回忆和幻想安排进等式
这就像刻意的情郎/园艺师
在葱翠紧闭的欧石楠对窗
令一位洁净的老姑娘遐思

这就像突然到来的晚年
却依旧装点着少女童贞
在她的手边一行诗更瘦
似乎能减轻
压抑时光和风景和心情的
技艺重量,哦真理的重量

——它们其实是生活的重量

以命运的方式强加给写作
当园艺师/情郎放弃了匠心
去阴荫里闲卧,盛夏活泼的
枝叶之间,多么奇异地
覆盖白日梦热烈的大雪

*

热烈的大雪下坠的练习曲
一件稀奇古怪的乐器
又怎样演绎忍痛的诗情
"这就是生活!"她断言
情郎/园艺师却明白
问题是写作啊写作——

是写作如闪电划过孤独
黑暗又雷霆般普遍地关闭
限制、偏见、习俗带来的
流行态度,以及相反的
理想野心,激发一个人乏味地
创造:乏味地凭窗呼吸乐园

她甚至第二次幽闭自己
在等待以后选择了
拒绝。一道黄昏必然的夕光
从圣洁的高度斜落下来
这应该是另一场热烈的大雪
不同于园艺师/情郎的正午

*

太多的犹豫荒芜初衷
太多的厌倦、猜测
意料之外尖锐的沉默
把放弃又文刺进暗中的悔恨
内部的诗学图书馆颓废
情郎/园艺师揉弄着双眼

请看看植物：代表精神和
想象的节奏。——请看看
心上人：她退回到她的
三联镜前，从三个方向

对象化自我！而音乐则刻画
倾听者肉体隐秘的羞耻

而乐谱更到达抒写的绝境
老姑娘的代数课这就是
现实。那句子在纸上
仿佛瘫痪的自动风琴
如何去匹配，园艺师/情郎
膨胀肿大的欧石楠花冠

(选自组诗《傀儡们》，1995)

傀儡们

....
到五月,南风把夏天递还给我们,
城市上空一场雨敛迹。万千窗玻璃,
它们朝向共同的黄昏,就像人民
同声念出过唯一的姓名。

在轮椅里坐定,孤已经听到,
池里的金鱼跃起又折腰。宽大的草坪,
雨后的草坪,第二夫人裸体的草坪,
那偃仰的割草机锈蚀了腹部,
为谁的坏心情构筑起风景。

在轮椅里坐定,孤已经听到,
金鱼们开口又说出些什么。
太大的月亮从树梢到屋脊,

照耀餐桌、肉体和忧伤。
无声的护士们经过回廊。

护士们替代了殷勤的侍臣，
手捧相同的器皿和药物。
虚汗。衰败。林花落尽了
春红满地。孤在轮椅里，
孤听到孤的邦国在默诵。

孤听到一支军队在欢呼。
第二夫人你掩盖起来吧。
孤听到医院寂静的最深处，
一片哀乐随金鱼扩大。
第二夫人，你妆点起来吧！

你裸露的躯体也已经变暗。
武器正逼近围拢夜色。
绿的血。苍白的骨头。
这夏天第一次病中宴饮，
南风把死亡也递送过来了。

忠诚是本宫紧锁的阴门
靠热烈的向往从内部打开
进入多么有劲给身体以史诗的
张力给本宫的背叛
贯穿无尽的罗曼斯节奏

哦抗拒抽搐的神经
维护过谁的一表尊严呢
过分冷漠中相遇的欲火烧坏
白脑子现在此刻那边草坪上
开宴的铃声第三次混同于

沦陷之夜射向本宫的黏稠
兴奋剂令本宫瘫软得起不了身
哦停尸房这竟会是本宫
第一夫人的欢会圣地
那大鸡巴花匠似乎已走远

但是然而啊本宫也曾经是
本宫也曾经是被音乐擦亮的水晶
之树大吊灯下出色的公主屏风后
细听求婚者比剑锋刃的嘶鸣
本宫也曾经是黎明天边最淡的

月影是一尾金鱼
被专擅的皇帝偏执地珍爱
这够离奇的当他移情向
带给他残疾的媚眼儿女司机
当他们此刻现在

一个深坐于回廊轮椅间一个
在树下从日光浴过渡到幽怨
月光浴席卷而来的军队唱
楚歌而本宫的仇恨恐惧厌倦
靠草率的性交更加郁结了

*

那么,犹豫(它代替了

随双腿一同失去的果敢?)
孤看到花匠拐了过来,
——他是否窥探去一些
忧郁症? 肠胃里滚一串

丧失的气泡。高音喇叭——
一支军队的抹香鲸喷泉,
腹腔之海以酸水布告政变的饥饿。
可他们为什么还不来医院?
这个五月。这个最后的宴饮之夜。

那么,犹豫。是等待还是
由两夫人推孤到他们跟前?
去检阅广场? 像一架旧钢琴
自动奏出沦亡的一曲?
第一瓶香槟已经打开。

那花匠已经淡入黑暗。
第二夫人你收拾完了吗?
坐过来,拥吻科,孤喜欢你
曾经是一部分汽车的身体。

护士绕开大金鱼池,早就该

把第一夫人也领到餐桌前!
——哦月亮——哦犹豫……
丧失并不是孤的命运,
丧失是时代的命运之轮,
它追上了孤和你们的此夜。

但它追不上胸中的悔恨!
悔恨令丧失无足轻重。
但仍旧有疼痛,在病中医院的
花园深处。疼痛。伤心。饥饿。
请再摇一次开宴的铃声。

*

悔恨在疼痛中会达到狂喜
就像汽车　疾冲下陡坡时
突然腾空　起飞　成为众多星座
之一员　在这个夜晚　在大大的
臂弯里　哦在　奴家又看到了

那形状如　奔驰　的明净天象
因此　最美好的　奴家想说
是机器　而人也正是它
固执的一种　是不够合理
或太过灵活的肉的装置

因此　大大啊　医生们拖延
奴家却修复　重新发动你
神经质的　意志的　马达
你第二夫人的腰肢将进入
你的腰肢　你第二夫人的

大腿　将进入你坐姿的空洞
裤管　当一支军队的特别分队
终于走通了医院迷宫
哦大大　你将站起来
在他们对面　你将开口说

总算到来了　总算到来了
　　　　　总算到来了

为什么我们仍旧在等候
那另一架坏机器第一夫人呢
用怎样的仪式才迎得她过来

用怎样的仪式　才能够上紧
她的发条　唉　这世界熄了火
绝境中狂喜也不会是热能
那么　就抱紧奴家　大大
如坍塌的路面毁掉了一辆车

*

完美的肉体，如今损坏了，
这五月也向着武器弯曲。
一次反对正要凯旋，
一个邦国会翻开新篇章。
孤迎面一轮末日的夕照——

在轮椅里，在两夫人的
泪眼里。池畔七棵樟树，
把廊外的夜色遮去了一半。

而孤,末日的夕照,当然
满足于无法满足的一场宴饮。

病中的宴饮,一个邦国临死的
宴饮。孤看到,恰有信号弹
突然升起。白色的信号弹,
正好是此刻白色的绝望。
绝望带来过多少安慰?

噢第一夫人你总算到场了,
衣衫不整,似乎更符合
最后的此夜。你是否也看到
那颗信号弹下落时隐去,
新的星座却高悬得更耀眼。

完美的肉体,如今损坏了,
统治的双腿被革命锯断。
护士们奔过去打开大铁门……
悲剧彩排要结束于喜剧。
哦,到五月,到五月——

南风把死亡递送给我们,
一支军队逸出了傀儡戏。
而孤和两夫人总算开宴了。
而护士们奔过去打开大铁门……
…………

(选自组诗《傀儡们》,1995)

袁山松

箭自空中夺命,凭嗜肉铁喙的
本能,咬破一颗颗仲夏夜之心
弓弦的颤音来得还要快,勾魂
摄魄,变奏称之为勇毅的共振
——那是我告别我人生的缘由

楼船擎起灯迎风,乱军们登上了
还没怎么成形的沪渎岸线
冷月底下,须多少骨头、姓名
钢刀和嘶吼,才能完成这摧毁
这成长的仪式?孙恩赤脚(沾染

盐血)踏在我胸口,逼排出一腔
浑浊的未及自挽的憾怆。也未及
等到苍蝇们遗弃,死光又已经

反顾新死亡……笼罩向那颗

等价同分量黄金的岛屿人头颅

(1997)

注

陆广微《吴地记》:"有晋将军袁山松城,隆安二年筑,时为吴郡太守,以御孙恩军,在沪渎江滨,半毁江中。"房玄龄等《晋书·列传第七十》:"(孙)恩复还于海。转寇沪渎,害袁山松,仍浮海向京口……"《晋书·安帝纪》:"临海太守辛景击败孙恩,斩之。"

低岸

黑河黑到了顶点。罗盘迟疑中上升
被夜色继承的锥体暮星像一个
导航员,纠正指针的霓虹灯偏向
——它光芒锐利的语言又借助风
刺伤堤坝上阅读的瞳仁

书页翻过了缓慢的幽暝,现在正展示
沿河街景过量的那一章
从高于海拔和坝下街巷的涨潮水平面
从更高处:四川路桥巅的弧光灯晕圈
——城市的措辞和建筑物滑落,堆向

两岸——因眼睛的迷惑而纷繁、神经质
有如缠绕的欧化句式,复杂的语法
沦陷了表达。在错乱中,一艘运粪船

驶出桥拱，它逼开的寂静和倒影水流
将席卷喧哗和一座炼狱朝河心回涌

观望则由于厌倦，更厌倦：观望即颓废
视野在沥青坡道上倾斜，或者越过
渐凉的栏杆。而在栏杆和坡道尽头
仓库的教堂门廊之下，行人伫立，点烟
深吸，支气管呛进了黑河忧郁物

(1998)

映照

……自一万重乌云最高处疾落——

  对面,新上海,
超音速升降器是否载下来一场
   新雪?一种新磨难?
一个电影里咬断牙签的新恐怖英雄?
   新国家主义者?
新卡通迷?或命运,那玄奥莫测的
   一道新旨意?它轻捷地

碰撞大地之际,这儿,旧世界,
   未必不察觉——
大地给了我又一次微颤,有如
   波涛,像梦正打算
接近破晓。西岸的大理石堤坝坚实,

它防护的老城区，
却仍然免不了醒之震惊。……回楼

　　　被拍打……
回楼跟未来隔江相望。——当那边一朵
　　　莫须有飞降，此地，
曙光里，风韵被稀释的电梯女司机
　　　努力向上，送我去
摘星辰。——攀过了七重天，在楼顶平台那
　　　冷却塔乐园里，我知道

我处身于现代化镜像的腰部。玻璃幕大厦
　　　摩登摩天，从十个
方向围拢、摄取我。（……回楼
　　　被俯瞰……）
——十面反光里，以近乎习惯的
　　　放风姿态，我重新
环绕着巨大的沥青回形，踱步——

　　　啊奔跑，想尽快抵达
写作的乌托邦，一个清晨高寒的禁地，

炼狱山巅峰敞亮的

工具间。在那里我有过一张黑桌子,

  有一本词典,一副

望远镜。而当我在它们面前坐定,

  一个洞呼啸,

在回楼幽深处,对应记忆的幻象之也许……

    (选自组诗《解禁书》,1996—1999)

自画像

反潮流变形:伊卡洛斯失败的幽魂化作
精卫鸟,……到梦中衔细木……
蒙昧于其间的上海蔓延——朝无限扩展,
缩小了书写不能够触及的世界之当下。
正好是当下,新旋风缠绕旧回楼摇摆,
打开被统治沉沦的洞穴。它呼啸过后那闪耀的
寂静,是一个陷阱,是一个风暴眼——

是乌有之钟一次暂停的叫醒服务。

而你在另一幢回楼被叫醒。——高音喇叭
为每一种禁锢减去又一天,令倚任梦游活着的
我,依旧只是你身体的囚徒。盘旋的走廊里,
指针般准确的绿衣看管是黎明法纪,是把你
从黑暗拽往黑暗之炫惑的一朵铁漩涡。

……你冲向监室尽头的水槽，……你俯身于
漂白的凛冽之河，……你看见你——

喧嚣之冷已经冻结的不存在面影，和面影

深处，一盏惩罚的长明灯孤悬。
——比流转中它们那抽象的具体更加
虚幻，一扇高窗跟落水口重合，让你猜不透
高窗外当下世界的结构，是不是回楼
叠加着回楼，就像我处身其中的看守所，就像
时光，像你枯坐在铁栏和铁栏间，
用一个上午细细布局的象棋连环套——

两种空无，是可能的对弈者。

那欲望空无要让你长出注目之臂、凝望之
手，直到把一抹淡出的月亮，从高窗外揽进
被命名为我的欲望怀抱；那命运空无则有一盒
磁带、有一个放音器，会让你听到
早已经录制完毕的我，并且无法再抹去
重来过。——可是，当一缕阳光射穿了

回楼连环套回楼,从水槽里反照——

那一掠而过的幽明遐想仿佛正跳伞,

要把我从一个悬浮的你,落实为一个真切的
你。——"大地给了我

又一次微颤"
回形结构那牢狱的洞穴里,一朵铁漩涡
收敛起咆哮……看管,他黎明法纪的肩章上面
多出了一颗星;他带着你越过放风平台,
他为你亲启七把禁锁,他迫你就范,像邪恶——

以子虚之名签署一桩桩杜撰的罪过。

高音喇叭被新旋风没收。一个莫须有之我
出窍,得以呕吐般克服稍稍解放的恶心,
去成为一个别样的你。——然而,
实际上,伊卡洛斯只能变精卫鸟:你走进
旧回楼,你登上旧电梯缓慢地升空……
你将被电梯女司机怜爱,衔微木填满她
稀释于上海的风韵中一个洞之愁怨——

在死亡里经历规定的假复活,那白日

凌虚,那十面镜像围困的高蹈!
她把你送上寂静的时候,你知道你要的
并非乐园。——你,更愿意枯坐于
我之隐形,倾向那黑桌子……在纸上,
说不定也在电梯女司机腰肢款曲的丑陋之上,
你会以书写再描画一遍,你甚至会勾勒
——寻求惩罚的替罪长明灯带来的晦暗。

(选自组诗《解禁书》,1996—1999)

雨

(回赠财部鸟子。她有个"雨女"的雅号)

乡村教师正要求孩子们辨认当地的
植物和石头,雨落了下来
被唤作银杏的千年古树遮挡起那堂课
但雨还是落向了山中、幽深处
在言辞之外

*

言辞却推进。当我企图展读一封信
雨停歇了片刻,就像你
刚想要署名,收住笔,你名字偶然带来的
雷阵雨,会因为幻想的闪电而必然
从东京移向海那边一座空寂的城

　　　　　*

此时,如我曾读到并讽仿的诗句
在黄昏的寺院里我注视着雨
我离开衰败的洛阳不太远
我离开胡僧菩提达摩
有一千五百年

　　　　　*

雨提供书写成雨的诗篇。欲跟它
相衬的纤弱的言辞,会纠缠又一个
乌有的人;会让我用记忆想象那个人
他以其不存在摆脱言辞,并且不属于
变异循环里停歇而后又到来的雨

(2000)

过海

(回赠张枣)

1

到时候你会说
虚空缓慢。正当风
快捷。渺茫指引船长和
螺旋桨
　　　一个人看天
半天不吭声，仿佛岑寂
闪耀着岑寂
虚空中海怪也跳动一颗心

2

在岸和岛屿间
偏头痛发作像夜鸟覆巢
星空弧形滑向另一面。你
忍受……现身于跳舞场
下决心死在
音乐摇摆里。只不过
骤然,你梦见你过海
晕眩正仿佛揽楚腰狂奔

3

星图的海怪孩儿脸抽泣
海浬被度尽,航程未度尽
剩下的波澜间
那黎明信天翁拂掠铁船
那虚空,被忽略,被一支烟
打发。你假设你迎面错过了
康拉德,返回卧舱,思量

怎么写，并没有又去点燃一支烟

4

并没有又回溯一颗夜海的
黑暗之心。打开舷窗
你眺望过去——你血液的
倾向性，已经被疾风拽往美人鱼
然而首先，你看见描述
词和词烧制的玻璃海闪耀
　　　　　　　　　　岑寂
不见了，声声汽笛没收了岑寂

5

你看见你就要跌入
镜花缘，下决心死在
最为虚空的人间现实。你
回忆……正当航程也已经度尽
康拉德抱怨说
缓慢也没意思。从卧舱出来

灵魂更渺茫,因为……海怪
只有海怪被留在了那个
书写的位置上。(海怪
喜滋滋,变形,做
诗人)——而诗人擦好枪
一心去猎艳,去找回
仅属于时间的沙漏新娘
完成被征服的又一次胜利
尽管,实际上,实际上如梦
航程度尽了海没有度尽

(2000)

跨世纪

寂静大旅馆——格局像一座弃用的
宫殿,老式电梯
卡住过旧时代肿痛的咽喉

梦见红色的蒸汽机头时
旅客正完善抵达的礼仪。旅客
推开窗,紧贴窗玻璃迎候的
虚幻,有晨风探访鸟巢的表情
他处身于空旷——空旷和饥饿
顺便也完善了苏醒的礼仪

地下隧道再一次向他推荐新世界
旅客从寂静融入正午,听到背后
老式电梯轰隆隆掉进深深的

幽怨。而他所见的不可名状
强光要剪除一切黑暗、一切阴影
一切暧昧中往昔管辖的怪癖和悔恨
（如此绝对里，他是否依然追随
夜女郎？）旅客企图发现一棵树
找回属于昨天的轻唤——"爱

留下……其余无价值"。旅客穿越
未来火车站，他参观陈腐的
骷髅专列：蒸汽机头朽烂在红色里

记忆如同绳索，一下子
松开旅客。凹陷无名间一颗现在
剧烈地跳动。（他挣脱自我去融入
自由？也许反而受绑于遗忘？）旅客
回头看：寂静大旅馆倒挂在天际
——强光甚至也剪除了此刻

(2001)

途中的牌戏

(回赠臧棣)

不知道能否从双层列车里找到那
借喻。他们在潮湿的站台逶迤
像惊羡博物馆禽类收藏的
好奇参观者,不安地注目
软席车厢里旅行家无聊

但一声响笛催他们上路
一群时限鸟在他们咽喉里
啁啾"开车啦"。稍稍犹豫后
他们也成为乘客去旅行。他们
读晚报,刻意在上层硬座里对坐

用不了多久,一个意志就招呼着
来到了他们中间;一副扑克

替换了闲览。他们被聚拢进
同一种玩法,却又分散在
各自摸来的点数间专注

只是在洗牌和懊悔甩错主牌的
当口,他们才扭过脸探看
车窗外:细雨之猫一变
世界翻作浪,咆哮淋漓如
老虎般滂沱……而一连到来的

几组同花顺——却足以
把想象钢轨上滑翔的电鳗
控制于水一样溃散的败局,让速度
减缓,不会甚至将终点也错过了
尽管,实际上,他们循环在

循环游戏里……就这样火车
抵达下一站,有人嚷嚷着"下去
瞅一眼",好像换手气
再试着摸来全新的好牌
他们指望着,旅行家有一副

小怪模样，打火，点上烟
阔步踱向裹紧塑料雨披的黑桃 A
不碍事的旁观者照样看门道
在站台上潮湿地逶迤，不插嘴
等一声鸣唪，再启程……升一级

(2001)

眉间尺

煤气燃烧,蹿出了炉膛。在空气
波澜下,蓝火焰潜艇深陷于
危机,要全力升上复仇的洋面
高压骤减,肺几乎充血
眉间尺又带来决心的旋风

眉间尺又带来他的茫然
如同刚刚铸就的宝剑,还不知怎样
应和风嘶鸣,还不知怎样
在暗于海底的月黑之夜
去成为刺客、鱼雷和闪电

一位魔术师命运般降临
从袖中摸出也许曾经是幻灭的
手镯——这手镯也即

另一朵蓝火焰,也即另一种危机和
恨,另一番燃烧,把青涩的

眉间尺,引向了更高领域的冲突
彩排的自杀性飞抵虚空
有如语言蜕化为诗行,慨然献出了
意义的头颅。那手镯再一变
摇身为悲歌——刚好在悲歌里

魔术师继续眉间尺喜剧:以一枚
首级的恐怖主义,惊吓乐于受
惊吓的观众——头颅被投入
沸釜中跳舞,它吐露的舌尖
把绝望舔卷……唾向了无辜

如此魔术师长啸一声,完成般
收起仇恨和仇恨煤气炉……然而
一错眼,眉间尺跃出了表演的限度
——仿佛并没有罢休其命运
他张嘴,去咬紧,幻灭的手镯

(2001)

旅行小说

勘探者来信说不过是冰

不过是冰——让情境在晨昏间

滑行了将近八万里路程

……途中买到过上好的烧酒

奔忙的向导犬乳头曾变硬

有一艘破冰船,混同于故事里

凝固的细浪……纸张却构成

被太阳裁剪得整齐的白昼

折叠一道,再折叠一道:宇宙之

光,几乎跟言辞光芒相重合

——等到它如炫耀展现在

现在:终于要冰一般溶化的

勘探者高举走马灯,朝往昔

尽头又滑过去七十年加一个

残冬。透出旧辞句缝隙的闪烁
闪烁着闪烁着,把历险如
幻灯片,翻打到塔楼
渐暗的墙上。读信人诞生于
记忆的晚境,他借助放大镜
埋首的专注里,仍有着勘探者

也许已苍老的一丝惊讶、一丝
恐慌和一丝满足:因为龙
龙吟,越过被零度以下的
描述传奇的魔山锋刃,慢风般
又踱尽更朝着黑夜弯曲的穿窿
从半空下探这阅读的天窗
它是否看到了当初未将它
猎获的男主角,此刻正拆开
另一封寄自早年的信?正轻声
咕哝:为何……只是冰

(2001)

仿童话

看上去像极了语言的圈套:举一
反三的亚马逊鹦鹉在时间里
跳腾,似乎说——这样

又似乎说——那样……闪烁着
荧光的黄脑袋扭转,忘记了曾经
这样那样的低啼和长鸣

它绿色的小嗓子被锁于句法
它掀动求偶激情的翅膀如两截
霓虹,逻辑地短于

为求生存而横贯天际的马拉松飞翔

然而它嗅及并很快听说了

一头香味豹发出的邀请。香味豹
不言语,如同不上足发条的

钟,隐藏期待,在每次错失里
——荫深处暂缓机心的呼吸
却要比学舌更加讨喜

这诱引分泌暗示的春宫,跟日光浴
女郎偃仰间分泌的春宫暗示
一样会入迷,会架构起

嗅觉虚线勾画于空无的陈仓暗道

看上去,那已经是十足的仪式陷阱
亚马逊鹦鹉,携带被剪掉了
一截玫瑰斑纹的自我

     欺瞒着奔赴
正将它欺瞒的芬芳鸿门宴
——当是时也,香味豹只需

夺分秒一跃,肯定就咬准,半空中
以诗寒暄的喉管

   ……吞噬一番后

——又吐出怎样的骨骼/羽毛呢

        (2001)

喜歌剧

翻卷的舌头里有一朵
小小的味蕾在鞠躬,有两朵
三朵和更多味蕾——曲体转向
扭伤了腰肢,像舞场老手们腾云驾雾
自一种节拍可疑的尖酸
去回望连绵的火焰山红汤

……渐远的老辣
沿大地弧形滑到悠渺那边的
      烹饪
他扫过细嚼慢咽的目光又扫过饕餮
伸出象牙箸,小心把半条鱼
钓离蒸汽笼罩的暖锅

很可能他反而夹走了月亮。尽管

实际上,月亮正背向鱼和鱼刺
隐入厨房万千重油污。一小点
追光,映照一小碗水晶果冻……银匙
旋呀旋,意欲从圆润的
凝脂波尔卡,剜出一小口

腻滑扭捏的绵甜舞伴吗?这粉面
狐媚的夜女郎暗示:"要是侬
记不住此刻滋味……""那会
怎么样?"——他刚想要舔破
面前的月亮,一刹时辛苦
     螯碎了舌尖

(2001)

幽隐街的玉树后庭花

(3月20日,也许)

从来没有满足过,没有得到过
哪怕是一个欢乐的夜晚,或者一个
绚烂的早晨。

——卡瓦菲斯《欲望》

……反应不至于更加化学了——不至于
更加
　　像一枚滴酒入喉的胆瓶
把夜生活快递给夜色里薄醉的玩味之心
循环系统为循环循环着,其中有一条
横街叫幽隐,让你以为它连通奇境
——能把你带往下一轮循环,下一支舞曲
能为你从它拱廊反复的弧形变奏里
变出你要的吹弹夜女郎……

　　　　　　　但是你没摸准
从减肥直至瘦身显露的肋骨琴键里
跳荡的那个键
　　　　　呜咽的那个键
被暧昧地揿下、机关旋钮般打开众妙之门的
那个键：她润滑得让你一下子抱紧了满怀闪烁
她的多姿却抽身到一边，用媚眼儿瞅你
能够从满怀里掏出多少豪兴和小费、柔情和
冷血、玻璃耀眼的曲颈葫芦里
浮出金酒的刁钻和魔幻
　　　　　　——她腰际的迷魂调
晃悠调音师；她兑进过量汗液的龙涎香
令自我晕浪
　　　令胸襟间巡航的鸣唱之舰
真像是浮泛于巨澜大波，而不是在一家
实验室改造的夜总会里，在反应失措的
欲望实验后休止、去停靠……于是你不知道
该不该攀上音高桅顶，去拂掠和撷折，取悦
即兴——那还算不上一种激情吗？如果你
泡她，就更不是激情
　　　　　实际上你被她泡进了

氛围大师的新配方,茉莉、罗勒、菖蒲加风信子
合成又一款空气之痉挛

        "那才叫缥缈呢
……纯粹靠化学!"谁又能判断,这不是一句
玄奥的广告诗?这不是手机在轻叹或
挖苦?然而她继续发她的短信——"也许
明天。也许——永不。"歌喉揭晓最后通牒
"反正不超过某个此夜!"——反正在循环里
谁不想寻欢?谁得以寻欢?谁的反应

         更加化学呢
门捷列夫曾经走错过一间实验室,曾经因
目击

  吧台上横陈的死之艳丽
猝然晕厥了……眼前一抹黑向着繁星鞠躬
那一瞬,真理从迷醉的音乐里揭幕
炫耀元素的周期性金链。物质的白颈项
佩戴着金链——"这金链会把我
装扮确切的狐媚表达为
疑虑和猜测、试探和掂量……"

        你假意趸摸她
胸饰的时候,夜女郎起伏的欲壑毕现

看上去多么像
　　　　　横街幽隐处显露的
幽隐——"再也不必用辞藻隆乳……卷起
两堆雪。"……纠缠接近了夜半消融
摩登按摩灯魔瞪——夜女郎奶帮上
仿佛标志的那粒朱砂痣
"噢哟那的确标致之至!"那的确刚好是
频频迷途于波峰浪谷的海军陆战队欲望的
　　　　　　　　　　　　　星
你要以玩味抚慰深究的却仿佛心!几乎比
玩味更值得玩味
　　　　　几乎比化学更加化学了
比门捷列夫溢出其实验性,对象棋残局的
红蓝之变,更成为酒吧剧场里迎战的
戏中戏、烧杯涓滴的意愿试剂,洗钱魔术里
微妙的轮盘赌……甚或一记钟震颤幽隐街
那塔楼暗自赤立童然,将消费后残余的音屑
收回,如垃圾筒回收空瓶、易拉罐……
　　　　　　　退潮之血
再也不起浪,直到她两腿间开合的渊薮
涌现又一座盗版乐园

　　　　……全靠着化学，靠
职业技巧的海市蜃楼，夜女郎翻过身
以仿佛纯熟的纯属无意，显露不必再隐瞒的
沙场——"每次我都要生下'小男孩'
每次我都唤它作黎明。"——每次黎明
都叼着保险套顶端涨满的乳头顺势
被拽出——新黎明咬破这
　　　　　　化学制品
一架歼击机干掉残月，好让你如胆瓶
把黏稠浇灌进
　　　　深喉里豁然爆闪的白昼
——而吹弹夜女郎白白奏弄了，很可能只不过
凑弄了一番。当电视台新闻打开模仿现实的
现实——播音员念错否？"巴格达人民
绝不被白揍！"夜女郎又听闻
"败走也未必……不会是战争
最不化学的那道方程式"——那循环如

　　　　　　　　　　　　　　世界
再次裸呈寻欢的非礼性。谁又不知道它的
非理性
　　　它全球化的地域色情里永恒的地狱性

却已经不再是实验室改造的夜总会政治
如一线阳光,足以让夜女郎面目全非
她从化妆间返回那一刻,空气中馥郁的
春宫之香失守于硝烟——报道和抗议的联军
穿透幽隐街直取了中午的瞬间公正
"头颈邪气嗲,啥人来斩一刀?"一记钟
      又敲响
你的反应——令它不至于更加化学了……

(2003)

应邀参观

  一个影像是一项邀请。

——苏珊·桑塔格

于是就搁下奇思异想着光阴的相册,
跟他们一起去看个究竟。
     那晚上下雪,
桃花源被冰封藏进水晶罩……
斜穿过快速隐没的林间路,
一辆马车如他们的忘怀,并没有
驰来,或小驻于记忆的想象之境;
它铃铎的微颤却还是借助风,
依稀拂弄了 YADDO 几乎刻意的寂静。
幻听着旅人途中的低吟,白色之下褐色的
三月,被一个旋律轻轻搅动着——
"还要赶多少路才能够安歇?"他们

不搭腔。华灯从幽深处打开新境界。
仙子颜如玉,因为隐身于老式爱情吗?
客厅几经蜿转后展现。她透过镂花镜
将他们摄入——她安排他们
啜饮闪烁于盆栽阔叶的室内乐甘露。
酩酊为他们摇曳仿童话。每一重门户
则可以仅靠着寻常言辞反复去推敲。
数幅山海图勾勒乌托邦,卷帙间瑶池
掩映漫游者渡越的意愿和
濯足之探——那口大浴缸更值得在意,
它归结得恰好,在走廊尽头,
提醒世界无瑕地搪瓷化。谁要是
撩开它二十四小时热水蒸腾的雾气帷幕,
谁就会看到,绮窗外雪的戏剧
净化着,七个小矮人陶醉,更醉,
以他们的茫然追随漫卷的超现实公主……
然而不打算继续下去了——自他们
过多的惊羡里转身,到黯然处
摆弄错放在大理石裸女和
青铜鹤鸟之间的电视机。对于仿童话,
它像个童话;对于每一间提供好梦的

理想之屋,它是否现实?荧屏被

雪花干扰了片刻,显露出掀掉披巾的脸

揭去防毒面具的脸……花容

转阴,——水晶罩里的颜如玉仙子

又待如何呢?

    于是就搁下

    奇思异想着光阴的相册。

刘子骥安歇,"……遂无问津者"!

(2003)

注

YADDO,美国纽约州萨拉托加温泉市(Saratoga Springs)的一个艺术村。

梦不属于个人

(写给 DODO。她说"梦不属于个人")

七块门板就像他度过的任何七天。
他纯粹的一生,在每个七天里循环周行,
直到轮回将他变成了另外的他,
继续在月升时上紧门板,月落时卸下,
打开,让摆放烟纸和松香的木柜台,
正对不变的青石栈桥。栈桥外水雾
弥漫浩渺的世界尽头。

      他总是在柜台后
遐想到瞌睡,被苍蝇盘旋的核桃脑瓜里
盘旋着蝴蝶梦,招引追逐鳞翅目幽灵的
标本采集人——洲际旅行者不期而来,
胸前一架足以摄魂的数码相机,
代替了腰间捕风的尼龙网。镜头,捉影,

却刚好把悠久的现实之蛹

       幻化作翩然。
这让他迷惑——自己是否醒来过一次?
他的涣散,则再次以猜测聚焦疑问,
打听世界中心的消息。"那不过是一间
普通书房"(镜头被旅行者缩回相机,
如同梦出窍,试探了星空又重返黑暗)
"一盏白炽灯,收敛语言和

       真理之光。
在那里月升,接着月落,——典籍
因为被反复翻阅,获得了循环周行的
结构……"他听见他正在喃喃自语,
七块门板和他的木柜台,遥相对应世界之
空:"这设定于书房里摊开的典籍,其中
诗行——全都在一次瞌睡里写就……"

（2003）

全装修

> 诗是这首诗的主题
> ——史蒂文斯《弹蓝色吉他的人》

1

来自月全食之夜的沙漠
那个色目人驱策忽必烈
一匹为征服加速的追风马

他的头盔显然更急切
顶一篷红缨,要超越马头
他的脊椎几乎弯成弓

被要求斜对着傍晚的水景
上足了釉彩的锁子甲闪烁

提醒记忆,他曾经穿越了

浅睡和深困间反复映照的
火焰山之梦,他当胸涂抹
水银的护心镜,把落日之光

折射,如箭镞,从镶嵌在
卫生间墙上这片瓷砖的
装饰图案里,弹出舌尖去舔

去舔破——客厅里那个人
却正以更为夸张的霓虹腰身
将脑袋顶入液晶显示屏

2

一个逊于现实之魔幻的
魔幻世界是他的现实
来自月全食之夜的沙漠

在帝国时代里,他的赤裸

被几番无眠黄袍加身
茅庐变城邦……一枚银币

往返于海盗和温州炒房团
之间的无间道——重又落入
抽离内裤，赶紧一掬虚无之

手的时候，那个人已经用
追风马忽必烈装潢了赤裸
锁子甲闪烁，高挂于卫生间

浴缸的弧度则顺从着腰身
而一抹霓虹斜跨人工湖
没于灯海，令夜色成

夜色笼罩小区
　　　　　　令一番心血
不会以毛坯的名义挂牌

3

这情形相当于一首翻译诗
遛着小狗忽必烈的那个人
将一头短发染成了金色

他如何能设想他被设想着
脑袋退出了电脑虚拟的
包月制现实,并且用赤裸投身

超现实,镶嵌进卫生间墙上
这片瓷砖画装修的悠远
披上浴袍像披上锁子甲,凭窗

望星空,构思又一种
魔幻记忆——他曾经穿越了
浅睡和深困间反复映照的

火焰山之梦?或许他只不过
自小区水景和不锈钢假山

择路返回。这情形相当于

一首翻译诗:它来自沙漠的
月全食之夜,不免对自己说
——天呐,我这是在哪儿

（2004）

注

帝国时代,一款电脑游戏。

奈良

往高松冢的路上如梦
樱花树下时时遇见麋鹿
歇脚在一边翻看杂志克劳斯如是说

  世界末日之际
  我愿正在隐居

坐到法隆寺殿的黄昏瞌睡唯美之迷醉
又有铁铃铛叮叮
送来想象的斑鸠

  走马观花一过
  即为葬身之地

(2005)

译自亡国的诗歌皇帝

搁下铺张到窒息的大业:那接近完成的多米诺帝国
一时间朕只要一口足够新鲜的空气

*

而突然冒出的那个想法,难免就会被激怒贬损
——万千重关山未必重于虚空里最为虚空的啁啾

*

声声鸟鸣的终极之美更搅乱心
拂袖朕掀翻半辈子经营的骨牌迷楼

(2007)

归青田

(纪念记忆)

整个夏天,临睡前去铺开
被汗渍渲染得更老的篾席
再把盔形罩锈蚀了半边的那盏台灯
也移往滑爽的打蜡地板,摆放于
篾席微卷起破损的那一头

他躺下,就着灯,展开一册
《聊斋志异》——望夜里干脆
就着满月
　　　　边上,他儿子喜欢看
玉兰树冠影从长窗到墙脚再到天花板

他读一段然后讲解,朔弦明灭
语调各不同。浓郁之晦里

他儿子听见狐妖们踮脚轻点屋瓦
另有魂魄,凄然转过弄堂暗角
脸色纸一样,到水边幽怨

接着是另几个眉月和盈月夜
另几个亏月跟残月切换,枕席之上
他娓娓,演绎更多非人间故事
为了强忍住一个呜咽,为了用他
所有的诉说,不去诉说他母亲的姓名

又一个夏天来临,儿子已到了
他当初啮心压抑悲愤的年纪
凭着栏杆,两个人翻看一册旧书
端详着,终会显影于遗忘暗房的
战栗的底片

　　　——当这个女人
在早先的夏天突然发了疯
从自己的姓名里纵身一跃
沉进河塘,像要去捂紧油亮水镜里
漩涡一样无限收摄高音的喇叭

殒于火红的黄昏之上,有另一只喇叭
跟落日重叠,仍然在倾洒
喷射拉线广播的烈焰,半枯焦了
野田禾稻、运河与沟渠……穿过
这个女人的道路,入夜之后没匿无声

唯有萤火虫把冷月领进了死之黑暗
躲避满城持续的喧嚣,他重温
母亲早年向他授受的种种传奇
恍惚两栖于阴阳世界。梦中之恋
天亮后幻化成光阴的废墟

      而现在
从那册《聊斋志异》里,他找回
依稀于母亲所有前生的照片一枚
背面一行字,只为他儿子倏现即逝
重慈:归青田……隔世的情人并逆鬼

(2008)

题《题破山寺后禅院》

耿耿于眼前有景道不得,欧阳修从怅惘发展出一种恨。在青州山斋,他也有竹林、曲径和远钟,微微倾斜支起椭圆形镜子的水潭,花木浓荫里被筛选的阳光,潮气散不尽的泥地,铜绿锈蚀青苔,几枚亮斑,显露钱币大小的黯淡,而可人如袖珍滑翔机那般的蜻蜓,停落处便成了又一个幽处?这恰是他意欲的那联诗境。但不是他的,是常建的。

他几乎一辈子都想着捕捉十来个字,好让自己像百事可乐对可口可乐,科研出一个仿佛的配方,并不青之于蓝,也好蓝之于红。不意间,他平生想见而不能道以言者乃为已有,常建信笔一现的终极物景已在眼前,欧阳修竟尔依然莫获一言。他自称其怀不得,那么他晏息的山斋,也终于不会是他的。而常建偶然探访的古寺,立即就归于常建。当欧阳修题写青州山斋却仍难遣终身之恨尔,青州山斋也归于常建。

现在,大雨一夜后初日嫩艳,我们入兴福寺,架一张桌喝茶,吃松蕈面,听周遭跟鸟鸣相混的麻将。要是麻将代替钟磬,也助人觉悟吗?但是没有谁还能从后面禅院里又一次寻得寂虚的胸臆了。我们只是对东院亭下的那块碑有兴致。研读之际,我们有尼古拉·普桑《阿卡迪亚牧人》的造型。从摹勒笔画俊迈和警策的那番抽象里,我们知道,常建的诗境也归于米南宫,也归于穆大展,那么,为什么就不归于常喜诵常建的欧阳修呢?穿过一棵古香樟树的如盖阴影踱到寺外,我们大概设想了,我们会拥有怎样的诗境。

(2009)

木马

(写给小曼马年元旦。)

上不紧发条的礼拜天慢转。浦江轮
烟突,喷吐着棉花糖云朵大白兔
锈斑点点的长耳朵旋钥
还不够炫耀
　　　　　一对假想的氢气球
红眼睛,从旧洋房三楼的露台
升腾——半空中回头看
拖曳陈伯伯去公园骑木马的
开裆裤弟弟——小麻雀喳喳叽叽
围绕追随勃起来指向欢乐的小鸡鸡

从前,桅杆上,捆绑过一位智勇叔叔
回乡的奇幻航行间,他刻意让一匹
内置危机的木马留驻于欲望的胸襟

豪饮般倾听诱惑之鸟的迷魂调琼浆
他真正的眷恋
是未曾被战争戕杀的过去
　　　　　作为疮痍后新生的未来
而他最终相信的爱情有一台织机
惦念之梭往复……他的船泊靠
纵横帆旗帜改换云天的锦缎河岸

并没有讲完的这个故事，多少年后
在另一个星期天，因为另一座
空寂无人的儿童游乐场又得以杜撰
正当我和你，历尽各自不同的往昔
抵达了此刻，要以眺望反顾我们
共同的来历……我们也去找
弟弟和陈伯伯当初去找的那枚按钮
启动木马转盘，唱奏起无限
循环的时光——暗含其中的同一粒
死亡，会成为，换算欢乐的新方程式

　　　　　　　　　　　　（2014）

它仍是一个奇异的词

> 我知道这邪恶的点滴时间
>
> ——狄兰·托马斯

它仍是一个奇异的词
竭力置身于更薄的词典
指向它那不变的所指

它小于籽种,重于震颤着
碾来的坦克,它冷于
烫手的火焰一夜凝成冰
它的颜色跟遗忘混同

它依然在,没有被删除
夕阳底下,又一片
覆盖大地的水泥广场上
怀念拾穗的人们弯着腰

并非不能够将它辨认

它从未生长,甚至不发芽
它只愿成为当初喊出的
同一个词,挤破岩壳直坠地心
拖曳着所有黑昼和白夜

它不晦暗,也不是
一个燃烧的词
依然匿藏于更薄的词典
足够被一张纸严密地裹住

它不发亮,也不反射
它缠绕自身的乌有
之光如扭曲铁丝

而当纸的捆绑松开
锈迹斑斑的铁丝刺破

它仍是一个奇异的词

(2014)

七夕夜的星际穿越

一架纺车把天琴座光芒缠绕进不眠夜

遥遥相对的小阳台上,幻听者凭栏
并没有看真切,蓝色太空围拢的
伊大嘉
　　　——她是否又在让快进的梭子
趁着黑快退?正当暑夏繁星
全都倒映在楼下游泳池,被一小朵
乌云般黝黯的胖墩儿救生员
用一根细竹竿一颗颗戳灭
织机上她拆散
　　　　　　不打算完工的爱的新乐章

化为乌有的也是旧乐章;用白昼之弓
她每天奏弹的,也是无限往昔的音尘之

旧絮

  喜鹊们倒没有因此而厌倦,星际人
更殷勤,想要把未来所有的此时此刻与
此情此景,充注银河间往还摆渡不已的
航天船。幻听者隔空再去想象
         救生员抛出
游泳池圆月的一小半之际,尤利西斯
恰在归途,会遭遇怎样险阻的歌喉

天琴座光芒将一架纺车缠绕于不眠夜

    *

而他用的是高倍望远镜。掠过游泳池
他的观察,轻易刺穿了大海的灰皮肤
确切地,攫夺大海深蓝的血
        并且,他可以
随便叼取更为理想的无限天青色
经由任意伸缩的镜筒,它们会溢满
完善于翱翔的心室和心房——主动脉弓
向右的泵,开始急切奋力地搏动

(……比附的情人节催促闪电
被戳灭的倒影,又要聚集起新的乌云
尽管已经不再是雀鸟,宇宙空间站
还是喧嚷着人神间架桥,依旧允许
胖墩儿救生员膨胀黝黯。而闪电
闪电——闪电催促比附的情人节)

他是否真的来自天鹰座?来自比基尼姑娘
一边在沙滩上吃着烧烤,一边感动的
那颗星星?——正当一对翅膀打开,正当
服务于寂寞的男公关凌空,扯住一根
时光线头,像收回风筝般把不眠夜卷拢于
吧台上一泓清亮的金酒
     奏弹者端起了
水晶杯盏,打算接着……话说下一回

(2014)

宇航诗

永恒的太空那晴朗的嘲讽

——马拉美《太空》

I

大气是首要的关切。航天器不设终点而无远
它过于贴近假想中一颗开始的星
新视野里除了冰脊,只有时间

      尚未开始

它出于鸿蒙之初最孤独的情感。在山海之间
发现者曾经晏息的小区又已经蛮荒
幽深处隐约有一条曲径,残喘于植物茂盛的疯病
追逐自己伸向尽头的衰竭的望远镜

黄金云朵偶尔会飘过,偶尔会堆砌
突然裂眦:潭水暴涨倒映一枚锈红的
月亮,瞳仁般魔瞪操纵夜空的太空之空
宇宙考古队拾到了传说的钛金储存卡

那么他死去也仍旧快活于曾经的恋爱
当风卷卧室的白色窗纱,精挑细选的镜头
对准了窗纱卷起的一叠叠波澜,波澜间冲浪板
锋利的薄刃,从造型嶙峋的惊涛透雕宝蓝色天气

这不会是最后的晴朗天气,然而最后的影像显示
扮演恐龙者全部都窒息。防毒面具换成航天盔
他隐约的目的性在星际幽深处,因遨游的
漫荡无涯而迷惘。当他的身体化入

共同体,他无限的意识不仅被复制
也被彗星拖曳的每道光携带,摩擦万古愁
或许出于思绪的延伸(像一条曲径)
被切割开来的黑暗未知如果是诗,没有被切割

永不能抵及的黑暗未知之浩渺就一定是

而在眼前的新视野里,发现者尚未开始的又一生
已经从储存卡获得了记忆——另一番想象
来自前世的一个夏天:斜穿过午梦闪耀的宁寂

大人带孩子参观动物园。鸟形禽馆栖于荫翳
粗陋的铁栅栏,挡住麒麟和外星独角兽
"肉鲜美,皮可制革。"标牌上刻写
精确的一行字,曾经,也是诗

II

但只有水暗示生命的诗意;只有水
令横越沙漠的骆驼队狂喜,令巨大的猜测
在万有引力场弯曲的想象里
穿过宇宙学幽渺的针眼

      未必得益于超距之戏
倏忽,他成了超弦演义里独自弹出的那个
百夫长,航天盔忧郁,弧面映日也映出书生
由光谱演绎的液态幻象。人造卫星九霄里繁忙

把地狱消息又折射回人寰，空间站废置的
时间机器，依旧逆溯着枯索的商旅
直到干冰以绝冷雕刻的虚薄印迹
显现其化石于无何有深处的或许的证据

但只有水暗示生命的诗意；只有水
将种种假说演化为镜像对称的另一粒地球
悬挂在从他的盥洗室舷窗最方便摘取的永夜枝头
他伸出的食指如果去触探，他也被触击

         无极之寒
搜括仿似巴洛克音乐速律的脑电波，冻凝一支支
将会比蝴蝶更炫耀地展开的幻影赋格，铺设进
星际人彩排的神圣轻歌剧转烛的复调

忘了是在哪一轮未来，很可能他已经踏破极冠
要么登上砾岩之丘，去俯察几个滚烫的撞击坑
并不能确定，那里面是否有珍贵的涟漪一闪念
消失，连同荡漾和平复的质地，连同

消失的映照，反向映射不眠的天文台

为企望往生发明又一种往生的企望——但只有水
暗示生命的诗意；只有水引起没来由的干渴
要是不以涸竭为预期，他挑衅时空曲率的步点

就又得移回火箭样式的妄想巴别塔
忘了是在哪一轮未来，变乱的语言也念叨着水
他所模仿的虚构的发现者，浮现出来，模仿着
他，透过盥洗室舷窗的黎明递送宇航诗

(2015)

虹

(演义于沈括)

——世传虹能入溪涧饮水

猫一样弓起七彩的优弧,虚空里它磨蹭
好奇之痒,它越来越魅惑的拱形身体
越来越吸引注视的抚摸
　　　　　　　　　而当它睡姿稍稍
翻侧,它让我又梦见另一处溪涧,激波
归于澄澈,倒映另一段锦绣小蛮腰,横过
翁然巨木枝梢的桨叶,划破雨后初霁的长天

这意愿的折射,折射我兴味和志趣的异色
我知道我将筑我的园庐,以梦中之溪
停萦杳缭,把萧然永日的省思环抱。对影
我倾谈,深居绝过从,杂处豕鹿间自得其乐

丘陵顶上,百花堆中央,轩窗俯临
田亩的棋盘,阡陌为已知世界划经纬
又伸向辽远的未知宇宙……那儿,我设想

或许有几个我之非我,好像阳燧的凹面
反照,我反转我——如果未除却心镜之碍
那么我看着鸢往东飞,十字阴影就会西翔
充任背景的一枚舍利塔,就会朝地狱悬垂
去钻探……这是否梦溪岔出的一条支流
恍若,别名蠛蠓的别样的虹,混流斑驳
错杂着相违的众多的我

　　　　　　反向幻忆一次次
幻显:一遍又一遍,粮食被淘洗,淀粉
濯尽,白皙柔韧的面筋裸露女人体之妙
一遍又一遍,铁因为百炼不再减轻,终成
黳然青黑的纯钢;我一遍又一遍探窥极星
这才把极点的天位确定;我一遍又一遍
在扬州,在杭州,在东京和出使西京的客馆

被无数个梦的相同场合与场面提醒,直至

无外的必然借来一位偶然道士,示我以镇江
(真切的华胥国)——为了确实的滋味乡愁
张季鹰赴归确实的故地,我归赴虚构的乡梓
旧风景,为了完成虚构的故我——京口之陲
正好可以是一个晚境,城市山林众树太繁盛
甚至苍郁得过于荒茂,其间我命名的逝水

蜿蜒,正好可以秉烛夜航——笔的篙橹
纸的扁舟,载我顺逆于相悖的方向,穿越
奈何桥幽昧的半圆拱,抵达同一种自然天命
波澜被船头一寸寸犁开,却依然卷扬
梦之溪涧的水声喧哗……想象潺湲于经验
荡漾假设和推断,我以我的某一番见识
鉴别一幅正午牡丹:被日焰烧焦的艳丽之下

猫的瞳仁演绎时间;呈现一条细线的
虹膜,深底里深藏燃不尽的花影——转眸
漫空又漫溢燃不尽的星光……我猜测猫眼睛
也是浑天仪,反复测量太一生水的玻璃体穹窿
我看到一道新虹跃起,猫的弯曲身形
又去好奇地汲饮——半圆拱如之奈何,一端

梦溪,一端浸在我每个寻常日子的深涧

水

是水,是冰霜雪,蒸腾的云气,始原之力
最亲切的智识无形地渗漓,摄一切有形
作为其虚像;水,是道,是莫名多情,并且
万古愁,并且染渍,并且清洁——染渍或清洁
水的自我……水却,还不是;水还不是
小于每个水滴的水,水还不是水的物自体

水的命理学,由一个个小雨点借光又分光
闪烁,数十百千年事皆能言之的前知前定
而我只愿熟观今日,迷惑于今日的往昔之忆
未来之变。更细的雨幕更多幽渺,幽渺里一条虹
鞠躬饮水——梦溪边我梦见扣涧注视它
与之对立,相去数丈,间隔的喜悦飘拂着薄纱
要是我过岸撩开薄纱,那么就梦醒,都无所见

——虹乃雨中日影也,日照雨,则有之

(2016)

如何让谢灵运再写山水诗

卸掉前齿,且留些后耻
当山行穷登顿,陡峻稠叠更提醒
注目。巨岩在背阴处多么幽暗
白云环绕,白云擦拭,也只是益发
反衬其幽暗。清涟之畔细竹枝斜曳

海岸寥寥,海岸线涌起万岭千峰
在自身的万姿千状里寂寞
林间空地乱鸣雀鸟,远音稍显飞鸿
一起沦入黄昏的昏黄。星转,拂晓
霜的微粒轻颤,被抖落——薄月

隐入玻璃天之冬。雪的六边形晶片
则是新奇的另一种玻璃,唯有寒意
没有尘埃。温暖会带来污浊和

消失……光还未及照进深潭,母猿
一跃,隐晦间倏然有新思想映现

为此他或许略去人迹,车辙,炊烟
黄金比例的宫殿;驿站射出马之
快箭,向太守传达最新的御旨
船向岸边的集市围拢,他的头颈
——几年后难免在那儿被砍断

要是追认他觉悟于风景,又去
唤醒自然的情感,以一番番郁闷
愁苦、失意和孤独配套其吟讽
他劈开浓翳密竹,抵及迷昧之核的
道路就贯通至今,就会劈开心的迷昧

要是他返回,勉强现身于都城相套着
九环地狱的任何层级,探看自家楼下
雾霾模糊的池中起波澜,掀动一颗
以怨恨沙尘弥漫为空气的星球倒影
倒影里有一对肺叶翅膀已锈迹斑斑

那上面滚动混羼的水珠,本该剔透地
滚动于莲叶……无穷碧;又比如他
继续山行,歇脚在一株乌桕树下
抬头所见,青峦映入死灰的天色
像一名患者麻醉在手术台,那么

是否,他更加有理由发明山水诗

(2016)

南游记

(写给蒋浩。山海天诗会)

……一同抵达的还有薄暮
海映在天上,紫光拍打云的珊瑚礁
要不了多久谁就都相信,夜正在翻作
千窟万窍的巨澜漫卷,星星钻出来滑翔
踏着炫耀其闪烁和互相轩邈的冲浪板

朝向这一切,超级大堂的空阔便会有
宇宙空阔,水晶质地的龙宫架构间
的确暗藏过几样神珍。鲫鱼精觊觎
化身为近似鲤鱼的金鱼腾起了霓虹,乃至
霓虹灯,却不敌金枪鱼迅疾闪击,并且

鲸鱼,将上喷的水柱展开成旋翼,半空中
直升飞机般巡洋——当奇境穿越几番旧演义

新演义又提议：参观奇境的下沉式酒吧
章鱼调酒师服务葛优躺，自个儿葛优兲
忙碌于瓶罐杯盏明灭的仪表盘。颅骨的

航天盔弯曲意念，要把专程到访的一干人
以混乱缤纷醺醺然，醒豁地送离醒的大气层
——他们的加速度错失月亮，更快，甚而
来不及掏手机，拍下土星环带倾侧的忧郁症
他们又扭头回看第二天，能够去指认

昨晚的来路。地球渺渺，幸好被裹进
较多的蔚蓝。九点烟里，他们找来了
一弯依稀隐现的碧绿——很可能已经
呼吸困难——他们仍奋力说，这有如开始
开始啊永远会重新开始……继续遨游

就继续探讨，设问开始如何被发明
梦的返回舱，如何把写作的再入角算对
但他们再被引力揽入也还是醉了，也还是
用一个醉了的观测点看见他们，经由那弯
最澄澈的开始，登上一座山顶小凉亭

天浸在海里,连同三叉戟和它的警句或
绝句尾迹云,连同正午,几处星座不肯匿形
明示他们,翻过红土丘陵的懒散,淘宝于
虾兵蟹将用迷彩迷蒙的发射基地——母龙
献策,金箍棒火箭,会从别的海快递过来

(2016)

读一部写于劫后的自传

死亡营有一个虚妄的结构
出生于其间或许偶然
那么他只为必然成长
他如此年轻,期盼获救
能够熬到幸存的第二天

他将活进——仿佛得以
支配虚妄的第二宇宙
并且替换——在它前夜
毙命的自己:头顶越来越
绝望的标志,看更高处

盘旋的星空引起无数
飞升的意愿。如果他摘来
几颗悬浮月,他会否啖尝

其中最为诱人的如果？球面镜
反射主宰之光，又映入他那枚

不该被抹去的挣扎的侧影
——他醒在劫后陌生的早晨
长窗敞开，自由的鸟鸣引起
惊异。如何置信呢？啁啾
过于美妙，充斥第二命运

而当一颗心经历了过于
美妙的白昼回到黯然
敞开的长窗下，他又领受
从来不能够领受的明净。那是
想象，想象随所欲夤夜漫步

那是临终最后的意愿，开始
第二生必要的理由。如果他
因而，唉尝了最为诱人的
如果，那他就获知，就被
抹不掉的已逝照临——清辉

投向每一种闪烁,闪烁一枚
相同的幽魂。这新的球面镜
并不反射殉难之光,又该
何皎洁?又能将他怎样去
定义?!——他唯有继续

到锦绣未来继续逆溯,穿透
必要的死前之死……死者
才是真正的幸存者,在他体内
激活不死。他回忆他的所有
今后,一座结构虚妄的死亡营

(2016)

度假

唯一的改变是一成不变
街巷狭窄依旧,来自天上的巨流依旧
在穿越几片次生林以后又拐过季候
到小旅馆窗下已显得静谧
水中悬浮的黄金锦鲤依旧不动
仿佛云眼里飞鸟不动的一个倒影

他们到来仅只是照例
就像航班照例延误,飞机却照例傍晚
降落,一盏打开往昔的灯,照例昏黄
灯下的茶碗和去年未及读完的书
照例摆放在同一家餐厅的同一张桌上
打烊时告辞,小费也照例

银行汇率跟空气指数稳定于适宜

树荫里的鞋匠铺,民居楼下寂寞的书店
江堤上情侣推单车散步,他们的姿态
莫测的表情,有如一部回放的默片
猫在报摊还是弓着往日的睡形
偶尔有雨,预料般重复上一场雨

斗转星移世事缭乱,每一刻都展现
一层新地狱。然而仍有某种胜境
坚持记忆里终极的当初。那么他们就
临时放下各自的武器,抽身去战前
那间并无二致的酒吧。交火双方对饮
酩酊,确认此刻为真——他们正在度假

(2016)

北京人

特征不是没有下颏,而是已经盗取了
火。年纪轻轻就在老林里耍那根棍子
打猎,嚼果儿,还要吸果儿,组织
黑社会。他们十来岁就能知天命
但他们砸石头,发明剖开剑齿虎腹腔的
暴力之斧。他们钻进猛兽又钻出
学着做人,直立,行走,花几十万年

住进山顶洞上室的幽昧,昏花里打磨骨针
海蚶壳,缝梅花鹿皮的齐屄短裙
串起项饰定义了美。他们继续明火执仗
甚至一箭射穿紫禁城,玩鹰遛狗,唱
玉堂春,维新不成又打义和拳,回头提议
重建圆明园。绘上蓝图的每个圈里全都是
"拆",环环套起地狱形状的天上人间

火被设想为最高贡献,巨大的成功
最后一口氧气,为此也必将燃烧成灰烬
弥漫在长城上下抵挡敌对势力的周遭
对流层里的白昼是夜,夜是扇动翅膀的
肺,被交错的汽车大光灯打量、扫射
剪去仍用于呼吸的部分。他们也仍用
火炬接力传递说"火了!",花几十万元

又几千万元,在新风系统的巢窟里各自
爱惜羽毛,回顾世界险恶时艰苦奋斗
进化成实现了始祖鸿鹄之志的鸟人
他们想添加飞往天涯海角的本能
用口罩遮起前突的嘴,暴烈的齿
曾朝着猛犸示威的狂吼。或许他们
还想进化……特征是空,再无须肺腑

(2016)

另一首宇航诗

真正的冒险是逃离险境。霾固然窒息
要奋力投奔的真空星座更让人犯愁
而且,他提示父亲,眼下甚至没有了
眼前。费尽亿兆时日和心力,大气迷宫

的确已造就,这世界奇观一望无所见
一牛九锁于其中的牛头怪牛瞪着盲视
牛祸之牛哀,却依然牛掰,凭牛劲执牛耳
要像牛市冲上牛斗般跟自己顶牛,钻

牛角尖——这些个史前词早变得晦涩
要么被设定为会引起颠覆的敏感词、废词
并没有可能在末日混沌里擦拭掉污浊
重现一种有如牛蝄的尖锐穿透力

那么那诅咒是否也失效？硅晶身体
程序思维的童男童女刚组装起来
赶不及上线下载灵魂就遭遇吞食
祭献物统一莫测的表情，红肿着喉阀

用类似咆哮的掏心咳嗽发炎其幻灭
被劫持的整体，则全为呼吸套上了
禁锢发声的防毒罩笼络……父亲于是
对儿子摇头，没有谁还在说"吾与汝

偕亡！"——也没有谁还能摸到出口
从悬浮无限细颗粒魔昧的此梦里醒转
对镜清理掉多环芳烃跟重金属眼眵
辨认脸上的自然本相——但伊卡洛斯

终得以突围，从上一纪古视频"首都
三叠"寻找虫洞，重启沙漠里1971年
折断的飞行器，补上气溶胶，羽毛
石油焦助推，生天去亲近亡毁的新宇宙

(2016)

略多于悲哀

于是就被又一次升华
当身体组织变为癌组织
甚至扩散到每一部手机
污染每一条河流,小血管
耗尽泥土贮藏的生命力
以及岩石最后的坚毅

　　　　　骨头

于是就被又一次升华
化作灰,要么烟,散成绮
或者想象的一张张空椅
当天上弥漫火焰的碎尸
落向层出不穷的言辞
难以删尽的泡沫,浪

舌头

于是就被又一次升华
舔卷余烬,如簧弹激
未尝没去尝勇气料理
当献身以陷身一跃腾踯
现实的出口朝向超现实
死亡替换了另一个词

断头

于是就被又一次升华
就喷染霞色,溅开梅花图
而遮目的热泪几乎融释了
意愿坚冰。当冷酷的智识
热点里滚沸,蒸发之诗
又会有哪样的新政治

兆头

于是就被又一次升华

……接着我不知
还能怎么写:一个新噩耗
移开了我手,从有着体温的
鼠标脊背——它过于私密
但是更沉痛,在更小范围里
倏忽一现,更加不适合
为之写下诗?当世事凌空
云和云堆叠,落下滂沱雨
也就散去了……我不知
接着还能怎么写

  昨天
有一条公路垮塌在山那边
离我的住处大约十八里
今天一早有人醒来说
梦见泥石流,把我们覆盖

(2016)

洞头

海岛女民兵匍匐前进……在弄堂正午
在过街楼下收窄的阴影里。竹凉榻上
瞌睡被歼灭,矿石机继续作为炫耀
从云天接收来自云絮的男中音絮叨
要到下一回小说连播,微型发报机
才会惊现于刘阿太那条蹊跷的断腿

要到下一个暑假,革命京剧的梵婀玲
才会奏弄西皮流水,才会用一串串
朝天边空翻的怒涛斤斗,演绎同一个
反特故事;又要再过一个学期,西区
一枝花,转行的刀马旦(你有意绕道
好趋近她家凸窗前张看)才去下生活
才晒黑自己,彩色电影里扮成了海霞

沿着另一条别样的岸线,你得以见识

依稀记忆里未曾被想象的诸多事物
用炸平的山，拆掉的祖屋，用荒坟
墓碑，甚至用电闪雷鸣夜疾冲出轨的
闷罐火车，填实的大陆被推得更远
岛屿拼接岛屿，为造新梦吞噬旧风景

攀上望海楼，沧桑史就奔来你眼底
穿过娘娘庙守护的岩洞（仿佛去踏响
孩童时光的弄堂阴影）你却并不能
返回当年，或步入遗世忘机的洞天
如此你来到她们的纪念馆，驻足细察
摆拍照片里她们放哨，灌木丛中埋伏
半跪于礁石练习瞄准，架炮，打飞机

飒爽英姿的美学之余，她们也织网
波光粼粼间也因摇篮曲柔媚着眉眼
——你想起她们尽管一并随照片褪色
渐渐泛黄，模糊黯淡，莫须有的刺点
倒反而突显……尤其当你告别了她们
堤坝侧边，又遇见少女们武装学擒拿

(2017)

注

[6 行] 刘阿太,黎汝清据洞头女民兵事迹所著长篇小说《海岛女民兵》(人民文学出版社,1966)里的美蒋特务。《海岛女民兵》曾在六七十年代电台的小说连播节目播出,又被改编成电影《海霞》(钱江等执导,吴海燕等主演,北京电影制片厂,1975)。

[13 行] 海霞,长篇小说《海岛女民兵》及电影《海霞》女主角。

斯德哥尔摩

从宏大旅馆的此窗望出去,你知道
应有尽有:游客们一个个弃船登岸
告别寡淡的波罗的海,海鸥临死前
数了数目力所及的海豹,马车迟疑
如浮云半空中缓慢地变形,在那群
生动的人类中间,避让着目光板直

或讥诮的打量。你知道,你迎向了
对岸尽头彼得堡一声迷惑的咏叹
他刚刚写下我坐在窗前……转眼
被抛,被载入晃悠的热气球拖拽的
宇宙舱(警觉于风向),无人否认
这不是玩笑,这并非玩具。有一天

然而,他恰好如同你——特意来看

露天集市，看俄耳甫斯造型，迈进
音乐厅蓝色的阴影。你听他（他听
你），说命运在玩着不计分的游戏
那么他之前也去过赌场？只是当他
站到你跟前，已洗手不干，已一掷

骰子，倒向尘埃或奔来奔去，挟着
词典——说森林只是树的一部分
……此时出现了第三个诗人，背向
更多的诗人，一次又一次弹奏海顿
要么圣桑的左手练习曲——失败地
花整整两个月，沉思一首瑞典俳句

当你逛遍了酒店和酒吧，博物馆
咖啡馆，月光男孩，水晶玻璃塔
再往高处，到斜坡之上的寓所造访
你会想象，曾有过一位传奇造访者
悬河之口吐一艘方舟，被劫持的词
依赖、感激，感激又热爱，去充当

关键词，凭苦难的资格把世界挽救

而偏瘫的诗人回以足够深邃的简洁
打开落地窗俯瞰风景:请注目白夜
很快就会落满了雪,就厌倦了所有
带来词的人。图册在灯下展开空页
空页呈现的蹄迹,是语言?不是词

(2018)

注

[1—20 行] 从……此窗望出去,你知道应有尽有……那群生动的人……目光板直或讥诮的……站到你跟前,已洗手不干……倒向尘埃或奔来奔去,挟着词典,参陆忆敏《美国妇女杂志》。

[9、16、20 行] 我坐在窗前,说命运在玩着不计分的游戏,说森林只是树的一部分,引布罗茨基《我坐在窗前》。

[34—36 行] 厌倦了所有带来词的人,空页……蹄迹,是语言,不是词,引特朗斯特罗姆《来自 1973 年 3 月》。

运河

是一番奇想扛来
新时间,长河运抵
用废了何止亿万副肉肩

迷楼幽处,他徘徊
他决意去拨快
模仿宇宙节奏的钟点

指针指向了历史隐忧
那折叠起来,加速的航程

当有人踏上拱宸桥头
再次俯首,探究镇河兽

(2018)

澳门

要是谈起源,可否不遗漏玳瑁历险
畅饮玻璃海,还去追玉兔,转过了
好望角……佛郎机人没浪费佛郎机
待新月又升起,勾选的后果阿会是
马六甲?他们乘一艘中国帆船靠向

中国岸,他们乃至沙勿略的利类思
幸许铸炮——工作比不断唱赞美诗
更有益处——交趾支那国王曾订货
永历五年,专送来铜料二十又五担

如蚝镜夷目所见,这妈港神名之城
先由前山寨御事,尔后望厦,华厦
被构架。大三巴三浴火意表大牌坊
对面,更升起,意表不再是莠草的

金莲花蔚为蘑菇云：既来大里斯本

那就大励斯本，大翻斯本，大出血
本，大洗直到大喜过望，所有，全
押上，包括懊闷痛。上层建筑投下
巨影，黔黑，弊病着，上水下水间

命运语法的生死变位。玻璃海台面
重新摆开，舢板、渡轮和游艇穿梭
骚客玩弄筹码辞藻，织锦，兜住浪
他戴起玳瑁框眼镜进场，真能透视
赌局格律密藏的方程式？当他离场

踏泊来的石仔镶拼奇异图案的街道
是否被指引于炮台山下，古庙堂奥
捏进哪吒泥身的本身、变身及化身
是否托身而脱身？漫向太虚寻故我

(2019)

注

[6行] 沙勿略，亦指第一位来华的天主教传教士、耶稣会创始人之一方济各·沙勿略（Francis Xavier）。利类思，亦指1636年抵澳门的利类思（Ludovic Bugli），他被公认为在当时的耶稣会会士中汉语造诣最高深者。

[7—8行] 工作比不断唱赞美诗更有益处，引教皇克莱门特十四世（Clement XIV）的告诫。

[13行] 莠草，参《马太福音》13：24—30，及奥登诗《澳门》("来自天主教欧洲的一株莠草……")。

[14行] 大里斯本（Grand Lisboa）：新葡京赌场酒店，外形如金莲花的澳门地标性建筑。

[16行] 大洗，粤语及澳门话，大肆花销、挥霍金钱的意思。

[17行] 懊冈痛，上海话，形容某人干了傻事而又不能张扬，吃哑巴亏之状，亦作"澳门痛"。

[27行] 漫向太虚寻故我，引澳门大三巴哪吒庙前对联（"何者是前身漫向太虚寻故我；吾神原直道敢生多事惑斯民"）。

旧县

凑近细看,你就会深嗅
自幽谷升腾涌凝云的骨朵
也都是凝意骨朵的小拳头
擂响了一面芳香的天气

循径幻入画图,神游往
你就会眷伫,叠嶂重峦间
藏踪的又一村,金银丹桂
映上月,月下笼于中秋

没有谁猜对谁摹写此境
在怎样的往昔,怎样的风
穿堂,乱翻茅草庐半卷的
册页,吹皱酒盏茶碗里

收摄着纯山真水的倒影
一棵耳中巨树喧哗,摇曳
灯烛光,吴刚无限地挥舞
玉斧,却将夜夜心越剪

越明亮。你忆想那时候
油壁暗红还未曾刷新,旧
还未曾简化为一日,立轴
高高挂起,诡奇如空镜

照见世事转移人物苍黄
唯河汉梁津摆放星斗残棋
与时局僵持。烂柯从天外
掉落,引来的笃班的笃

通俗演义的一声声鼓板
声声慢,郁酿进母语温软
说徐霞客途经,顺流划桨
黄大痴念念梅干菜烧肉

(2019)

注

[24行] 的笃班,清末在浙江剡县一带的山歌小调基础上吸收绍剧等剧目、曲调、表演艺术而初步形成的一个戏曲剧种,进入上海后称绍兴文戏,1942年起改称越剧。桐庐旧县的笃班颇盛。

天水

为所有的传说找来实证,甚至
据传说,为实证不致水一样流失
挖掘机夺天工,橡胶坝围拢,湖
被塑造,弧型长堤不提供惊奇
嗟尔远道之人胡为乎来哉

　　　　　　　　　一雁
入高空,杜甫怀李白,转眼柳绿
楠树仿佛仍然有根基(又过两年
才被风雨拔),行人们到此还能
听竽籁。几位先生踱进南郭寺

却只见古柏——其苍翠葱茏真有
几千年?攒尖亭下,八角玻璃盖
锁住了泉井,谁若得以笔力劈开

六米深处,始现地理未加掩饰的
本来面目。诗史堂上,泥像诗圣

面目更可疑,披挂红衫,黄斗篷
或许香客信服这形象?远道之人
疲于扫兴没去麦积山,然而去
画卦台上打探那八卦:历史尽头
伏羲女娲交尾,也生下一代代

败壁颓垣,焚毁的屋顶和城楼
把我留下像留下一个空址;直到
1958年火热的夏天,下放右派
学习驾驶一台意大利红色农耕机
擦出了致命的思想星火……如今

空址变作医院太平间,拉开抽屉
偶尔有(时刻准备着)等待返归
灰烬的尸首。远道之人如果重访
高架桥跨越马跑泉镇的阴影里面
是否还有人出示蓝色透明的诗笺

英勇的叛徒将在死者中蒙受荣光

(2019)

注

[5 行] 嗟尔远道之人胡为乎来哉,引李白《蜀道难》。

[6—7 行] 一雁入高空,引杜甫《雨晴》。

[8—10 行] 楠树……竽籁,参杜甫《楠树为风雨所拔叹》。

[21 行] 败壁颓垣,焚毁的屋顶和城楼,引叶芝《丽达与天鹅》。

[22 行] 把我留下像留下一个空址,引张枣《丽达与天鹅》。

[31 行] 英勇的叛徒将在死者中蒙受荣光,引林昭《海鸥之歌》。

林昭此诗首刊于 1959 年在天水马跑泉公社(现马跑泉镇)编印的《星火》杂志第一期。

早餐即事并一年前旧作

I 早餐即事

我们过细地研磨咖啡豆,频频审视
手机触摸屏。在一个醒犹未醒的早晨
乌云监控器回放昨夜

新笼罩更密布,高处的审视之眼更
频频
  又擒住谁之泪?或擒住渺茫
暴雨猛然驱捶着暴力

……闪电先于轰鸣划破,我们默默
端起咖啡杯,凭着点看谣言的恶习
啖尝这确切的恶习时代

她说她无须某种透气法,嗤之以鼻
不在意
   满城尽遭窒息
我们正玩味她语调之轻佻、之冷酷

阳台对面,雷霆劈断了榕树的巨臂

Ⅱ　一年前旧作

所以,在何等境遇里写诗才
不野蛮?才不必投笔,运笔如投枪
搞文学罢工牙关咬紧,五年
十五年……如果做不到五十年不变

那总也被卡,卡夫又卡的口授过遗嘱
焚毁所有刻意写下的
     他预见了毒气室
预见雾霾弥漫大流行滚滚的无数变形记

然而我们曾经猜想

诗并不能阻挡坦克

当诗集足够多,碾来的履带会否被卡住

(2019—2020)

东京

"皇居上空没有云。就像它地下没有地下铁。"然而雨人每天都激湍,都汇流急行都快速或潺缓于各自的各停,无论在JR无论在新干线,无论西武东武子遗武士道干枯标本的湿漉漉的花瓣

　　　　　　　　……自我轨道的气旋茧网间,风暴眼之蛹被缠绕,被疏离唯见那宁静的导游致远,挥舞小旗指挥斜穿卸苑,引观光客看过去——护城河里锦鲤正展示电玩多姿、塑料的优雅和明媚

蔷薇刑设计成诸般株式,社会性的蜜蜂们飞来飞去,组织会社,加班忙碌后加班振翅,OK拉卡就卡拉OK,就嗡嗡唱,就去居酒屋無休,醉里挑灯受阻,梦回六角形

巢脾的晦涩谷底新宿至新黎明，又忆起
超克之轮，碾压高架桥幽处的旧防空建筑
隆隆响震，激发持续做多的意志
　　　　　　　　　屏风那边
外号自外于一切美好天气的雨女隔着世潮
悠然听爵士，听听罐装麒麟相佐，狩获她

自我。某个远处，她又说，这不祥的即将
消失的名字已经注定——侧耳，却还
听不大真切……是否游技机的钢珠哗然
水银般倾泻西装雨人，拥挤向押上晴空塔
押上了环顾一生的视野
　　　　　　　相对的仍会是雨女
无所谓押上韵，但句尾押上了动词沉默
一点点剥下语言的瓷砖。当地下铁居然从
云层钻出，桃花水寂然无声却充溢天空
她自嘲地笑，自更高的正北方位带着叹羡

伫足看郊原，孩童们攀上攀下报废的飞机

(2020)

注

[2行] 急行，东京轨道交通用语，只在主要车站停车的意思，类似于"大站快车"。

[3行] 快速，东京轨道交通用语，比普通要快的意思（停站较少，但比"急行"停站略多）。各停，东京轨道交通用语，所有沿线车站都会停车的意思。

[5行] 湿漉漉的花瓣，参庞德《地铁车站》（"人群中这些面孔幽灵一般显现/湿漉漉的黑色枝条上的许多花瓣。"）。

[14行] 無休，日文，不休息、不停止营业的意思。

[19行] 雨女，东京的女诗人财部鸟子的外号，据说她每有动静，天就会下雨。这首诗为纪念财部鸟子而写，她于2020年5月14日因罹患胰腺癌去世，享年88岁。

[20行] 麒麟，麒麟牌啤酒，日本麒麟公司生产的世界性品牌啤酒，是财部鸟子爱喝的一种啤酒。

[21—23行] 某个远处，这不祥的即将消失的名字已经注定——侧耳，却还听不大真切，引财部鸟子《落叶》。《落叶》是财部鸟子1994年与我的连诗《一年之翼》的第四首诗。

[28行] 一点点剥下语言的瓷砖，引财部鸟子《冰封期》。《冰封期》是财部鸟子1994年与我的连诗《一年之翼》的第五首诗。

[29行] 桃花水寂然无声却充溢天空，引财部鸟子《天鹅》。《天鹅》是财部鸟子1994年与我的连诗《一年之翼》的第一首诗，她在诗后自注：桃花水，春雪融化后的水。

杭州

拖着一拉杆箱互映的漩涡,漩涡
转喻着一次次兜转。当杏脸迎上来
酒窝仿佛豪华浴缸底稍稍抬起了
金属塞晶亮,渗漏浴盐搅混的一池
水,泡沫时光也婉约,肖形真时光

说不定在心头一路叩长头,说不定
是返喻,眼波的明灭像一种无意识
捕风捉乱花,到绿杨阴里白沙堤
盘桓,已稍迟,倾情于向心力仅够
回盘,却无从以五体投没进自我

一辈子必得有那么一趟,你知道
凭出错的明喻,你必得转山般萦绕
湖之镜,像围拢一餐火锅,撩拨

把倒插入镜中幽深巅顶的一株仙草
盗取给人们。而人们骑在这星球上

说谎,染绿这杯水的肉身……所以
你想,别管那谐喻,这相悖的朝圣
一定会抵达热爱效颦的红尘之美
又何必笑娟,啸侣逍遥,又能不能
校对好尝试着用新诗承接三变的

酩酊乌托邦?柳浪即言志,乘醉
听箫鼓直至闻莺啼,阴帝之花湿处
泪雨逗溅开两三点曲喻。补天石
遗此,未及补缺自天堂穹隆投下的
反影,哦虚拟的遗产,虚拟的形胜

那么你和他齐偕,然而并不着四六
穿越至往昔的野人村残照,见野人
小野人忙忙乎琢磨着比喻的玉卮
今宵酒醒何处?行李间滑出的游客
正呕吐。正跌宕,沐洗一轮假日

(2021)

注

[8行] 乱花……绿杨阴里白沙堤,引白居易《钱塘湖春行》。

[13、15、16行] 像围拢一餐火锅,人们骑在这星球上说谎,染绿这杯水的肉身,引张枣《西湖梦》。

[20行] 三变,有天运三变、禾之三变、君子三变、周公三变、不肖子三变、文章三变、古诗三变诸义,亦为柳永原名。

[21—22行] 乘醉听箫鼓,引柳永《望海潮》。

[29行] 今宵酒醒何处,引柳永《雨霖铃》。

南京

星之芒映在棋盘上,戏弈之间隔着
扬子江(或许秦淮河,春水浸淫后
朱漆画舫更颓荡)两个影子正思索
如何把对方将死
　　　　　　将死的曾经是炎夏
棋谱像热气球升至半空。且当云散
凤凰台移晷拂掠老城墙、大明宫址
僻静小区三五个院落晾晒的白床单

罩向燕子矶,一个俯瞰皮带输送机
勃起的黄昏,煤炭喷射进铁皮驳船
光阴的记忆也变构紫金山,变构了
上帝次子第二的马后炮
　　　　　　　　马后炮绝杀
总统府,展览其中的天皇殿,显出

两江总督惊溃,而仪凤门外静海寺
三宝太监迷踪,无人会,城下签约

致雨花台边凄雨——革命尚未成功
携往新亭的玛瑙石如泪……又有谁
揭去陵寝头盖骨,却又神叨叨神道
彷徨?弃子保车
     车胎辗顾人间正道
从苍黄到沧桑,到仓皇中沦入历史
泥淖,沉陷,一轮轮大屠杀一层层
深化的白骨地狱!相反的幻景凌腾

叠加现世繁华,鎏金塔泯没,隆崛
琉璃塔,第一塔堙替,怎奈打结于
立交桥转盘捉急的过客,一步一步
拱卒
 卒卒遥见玻璃巨塔骇人地兀立
仿佛特别研制,亟待点亮自我顽鲁
冲撞阴霾天花板粉身碎骨而缤纷的
火箭。焰幻之夜,同一局残棋耀眼

(2020)

注

[12行] 上帝次子第二,洪秀全自称上帝次子,孙中山自称洪秀全第二。

[17行] 革命尚未成功,引孙中山1923年在中国国民党恳亲大会上的题词("革命尚未成功,同志仍须努力")。

[21—22行] 人间正道,从苍黄到沧桑,参毛泽东《七律·人民解放军占领南京》。

第二圈

当然,从第一圈我降至第二圈
　较为缩紧的圜围,却容纳着
　更多引起号哭的痛苦的方面

未必还有时间为证,还能踏歌
　探究还要幽深的恶之花
　乃至彻底,乃至击穿了

地狱之心,跌进,跃出,去熔化
　装束起精神的押韵的链条
　上登水星天,更接近抵达

最后的幻象里最后的说教
　即将背弃此生的誓约
　以及自由意志的飞鸟

当然，第二圈，未必无月

　照见雪原

　翅影拂掠

(2021)

注

[1—3 行] 引但丁《神曲·地狱篇》第五歌。

酒狂

　　对酒不能言

　　　　　　　　——阮籍

未及开饮先疯……这尖峰时刻
好让好风邀延
　　　　　一席轮盘赌妖变
未及挽住风,就会被风掀掉天灵盖
呼啸的脑洞,漩涡的神髓
难免是琼浆
　　　　　那么他喝多了,能喝得
更高,踏上斤斗云不知所云的云头
上了头
　　又几十斤,又百千斗
穿裤子的云奋然一纵身
便化入无限透明的虚空

                    他想象一位
大人先生般想象的自我，浩荡乃至
不必穿裤子，但仍须一杯杯
淹灌其自我
            直到溢出，而齐物
而分幽明，分天地青白，海和盐
万里一步千岁一朝，每一把
沙尘，大爆炸一轮野蛮的新宇宙
粮食的酿造里必定秘藏着盗来的
神火
    神经病
            神的烧刀子
令五内俱焚，剖腹，剖肝脑
甚或陈词
        滥调以涂地
                渗出血
他体验过，疯的反方向爬满了虱子
啮咬于犊鼻裈逃乎沟缝，匿乎
坏絮，用更坏的絮叨诈造蛇信
弓影引惊搐
            为此他浑脱掉他的浑脱

当觖觞们围拢,围观浑脱舞泼出些
散逸,聚为蜴
　　　　变色龙
隐耀反照着他的象征的森林
他的确忽忘形,长啸弹鸣琴
又长日驱车,至穷途,何止泣歧路
涣漫一生的悲泪滂沱雨
　　　　　　　　总也喝不尽
况且其对饮,的确对决豹子和狮子
以及母狼,以及司马昭之心
路人皆知
　　　　他深耽深醉的深秘之深底
恰是击冲,正在击刺
脏腑的剧痛,击穿深郁深酷的深曲
六十天有六十种悸颤,六十番骤停
休止六十次异位搏动
　　　　　　　幻化六十个
赴死的浮浪,浪跄,跌宕六十回
轮转的浮世
　　　　泪雨的折光弯拱起鲸吞
那求乎大道而无所寓之醉

亦无所指，去控诉谁之罪
　　　　　　　浮一大白
待要罚干净
　　　　却已将他的作呕挖进胃
挖出销魂，从曾经虹吸红尘的伤怀
吐泄
　　苦胆沥沥的一滴滴毒蜥
　　　　　　　　被拆卸
狼藉成一地鸡毛，尖喙加利爪加
鳞甲之铁，上发条的机关，相链接
黄金比例的腰肢和尾椎，更多嚣张
更多汪洋，焉见王子乔，倒瘫痪着
一节节玄远断开了骨节
　　　　　　如果他重拾
重组起来又不妨是凤歌
　　　　　又吐泄
已而……或许唾弃了一段软脊

永夜空樽，装睡着无从解醒的独醒

　　　　　　　　　　(2022)

论语

时光翼翅间春天在望
树和树有古老的致意
人不能解,也饮一樽
诗既编定
又到河上送朋友从周

*

半片树林,三分夜色
城楼和青山都不确切
外出的子路提酒归来
浑身大雪,满脑袋醉意

不亦说乎,背对战争
让一头黑发随风凌乱

不亦说乎,瘦小的初阳

他想起他曾见过某夫人

*

一场暴雨又一场阵雨

他还曾遇见两个小儿

一个赤裸,一个啥都问

乌鸦飞走接着又飞回

小山那边,颜回重现紫色的

身影,双肩瘦削如一张硬弓

——子在,回何敢死

乌鸦飞走接着又飞回

*

水碧,风景细

屋子架在五针松下

要是江上舟子唱歌

要是女子洗澡梅花鹿放哨

咏而归,冉有和公西华
就去菜园捕捉红蜻蜓
就去吃肉,也不忘抚琴

*

登彼丘陵,也登那个自我
登临泰山是一种超绝
郁确其高确有其深郁
小天下更在乎忧天下

他活了大约七十二年
又活了将近两千五百年
马车涣散,仍穿越城门
穿越田亩抵达了荒芜

*

坐进废墟是一次放任
也是一次全新的拘禁
露滴在枯草尖变为霜雪

季候如命,如饥饿
上涨眉眼直冲额顶
最终仅剩下落日和苍茫

石头马,石头松柏
石头目光里石头的晚霞
他坐在他的石头阴影里

不知言,无以知人也
他呕吐掉又一粒石头定义

*

……从心所欲不逾矩
他见识过每一条时间的
河流,看众树凋零
一颗颗黄牙脱落于深秋

他感叹生死,议度做官
谈读书种菜,麟凤游

如何对待祖先父母

如何对待每个坏天气

如何分辨冰雪真伪

语言真伪和意义真伪

水滴穿石的思想真伪

应答间享受着口齿不清

(1981—1984)

红鸟
(拟歌哭行)

1

  我将让谁失声痛哭
  让黑发的男子失声痛哭
从山地出发走向殿堂,要么从林带出发的人
  或经过这高楼的每一辆汽车
你们若没有失声痛哭,你们就听不到一曲挽歌
   幽暗之中素净的仪式
从秋原荒草到黄昏老人,广场风琴台歌手的低音
你们听不到一曲挽歌
     像月下尘土广袤
夜半飞掠了都市峡谷
     像九只红鸟展开

超越时日,穿过了呼啸的黑色洞穴
一曲挽歌来自沉默,突然又消失进冬之冷漠
   谁将因而失声痛哭
仿佛大河有它的鱼群,姑娘有她们冰清的腰肢
   死亡的回答有一种必然
   让黑发的男子失声痛哭

2

祭台升起来了,在青山下,流沙的一侧
  看,黑夜里升起一座纯洁而笔直的祭台
  它巨大的阴影在殿堂以外的风中铺展
刀一样的歌手为之诵唱,被冬天的太阳
马蹄扬起的鼓点催促
      这个男子,黑发的
  他在海上学会抚摸
  在林间空地学会了嘶鸣
  他的面容是变幻的天气
  如同开放的武器仓库
现在,青色的山梁是否因为他转向下一季,峡谷
  裂开,升起了纯洁而笔直的祭台

现在，他翻飞的唇舌间红鸟学会了新的盘旋
他沿着姑娘们相约沐浴的晨光或夕光，沿一派风声
诵唱着走过广场风琴台，朝向那片平坦的墓地
  他的双眉如青铜的屋檐
  如屋檐之上那两堆乌云

3

这地方匮乏时间，石头枯竭
这地方匮乏尘土和荒废的天空
  但她依然有如水的面容
  墓碑后面哑然独白，讲述自己银色的步态
  她在那个夏天的历程
      她讲述海上
如雨的雨，灰墙尽头如雨的隔绝
她的双臂像两条冰河，对应两条柔韧的洋流
她的剪影风声过耳，仿佛夜半星象的转折
她的披肩枝叶飘零，目光有如裂口的玻璃
盛夏午后，她在原野观望过云影，细听寂静
梦中剖开鱼形的色情
    然后她现身于一道堤坝

她喃喃低语像一枚暮星，像坐在顶楼的
　　　荧光幽灵，独白直到涂抹午夜漫长的栏杆
泛着深蓝和自闭的紫光
　　　　　　　　在她上面，红鸟飞过
整幢高楼整个故事，她也缓缓溶进了黑夜

4

　　　她依然能记起她在默读
　　　感到自己身陷于前世。而他能记起
他父亲带他见识冰块的遥远的下午……触碰的手指
颤抖，令默读的窗外一片纯净，纷扬起大雪
　　　冬季在楼下，他轻轻敲门
　　　河流啊河流河流肢解了
河水从河心那些光滑洁白就像史前动物蛋卵的巨石上
奔流而下
　　　她依然默读，看冬季入户，空气坍塌
　　　九只红鸟凌空飞尽
故事有两个相反的结局，所有的河岸都晾晒星辰
而她晾晒，大雪散开的白色衣裙
　　　她继续默读当新一季到来，消失于下一季

有一枝黑色的火炬被点燃
……他在楼下来回踱步……她想象事发后他在
楼下来回踱步黑发沉重低垂着乌云正化雨
　　他轻抚乱石唱一支挽歌
　　巨大的卵石，巨大的声音

5

招魂者你走向了祭台，到来是否先于死亡
　　祭台的风，祭台的灰色铁
你挥舞黑旗有一枝黑色的火炬被点燃
　　祭台的寒夜，祭台的春夜
星星抖落大雪被抖落，黑发的男子身在何地
挽歌那慢于时日的节奏，被牛皮鼓喧响的太阳催迫
　　招魂者你走向了祭台，你看见他是否
　　先于死亡，从殿堂没入广场风琴台
　　并且他看见过
　　风衣展开，那风衣如鸟
　　如一只水平的红鸟伸展翼翅
她从高楼从一声惊呼翻出阳台突然坠下
招魂者你是否已到来，见这个女子的红色风衣

掠过黑旗，点燃一枝黑色的火炬

她坠下完成神秘难测人人惊讶的

意外死亡，血流淌，金星隐退

招魂者你走向了祭台，挽歌升起来

而她依然有如水的面容

6

红鸟飞尽，啼鸣啁啾四散飘零

红鸟以红鸟的身形为火，最终为灰烬

四散死亡和死亡的落英

  她是朝天摔下来的。她的下摆向上卷起

  少许过了膝盖

灯影曾笑谈，满城开闭仲夏之夜无限的笑眼

然而有一颗流星划破，她在空中形成了水平线

正当红鸟凌空飞尽，纳凉的人群收拾起牌局

  ……我遍身是血，身子一伸直

  双手就沾满了淌着的血

空中她看他攀越堤坝

    从都市又一个渊薮现身

刀一样的姿势终被折断。他见她落下四肢伸展

水平地伸展,晨光混同夜光喷薄在她的后面
　　　那是我的血,一大摊,一大摊的血
　　　但我没有死。我发现我并没有死
　　　但挽歌升起来
　　　……她也听到了一曲挽歌

7

九只红鸟飞临祭台,飞尽又飘零
反复掠过同一条河流(她的双臂像两条冰河
对应两条柔韧的洋流)。九只红鸟反复消失
从祭台的冰山到黎明去点燃每一个枝头
而一枝黑色的火炬也燃起,黑发的男子
刀一样划破了死亡的钟声
　　　　　　　　他双肩耸峙
　　失声痛哭,一曲挽歌为之栖止
那女子死去,躺下来,他看着她
　　看着她从那幢高楼坠落停在空中
　　有如红鸟
　　　　　　而他的痛哭是地面的基石
　　当他为她合上眼睑,谁想起那时候她打开门

她关上门，而他用新雪替换旧雪
当他为她盖上风衣，谁又听见了红鸟的鸣唱
　　听一曲挽歌
九只红鸟飞临祭台，飞尽又飘零
　　这一切对这个世界是荒唐的

（1982—1984）

喜剧

1 龙华

陵园深处的焚尸炉。纯粹刀锋
……激情被剥离,一枚指环如
白金蜘蛛,垂挂下来
靠吐出的细线,将自己浸入
火之血池,去招引几乎要
尖叫的魂魄,那扯起了
声带风帆的呼救!这九月的

龙华,树冠在雾尘上属于秋天
哭丧的队列仍打着赤膊
从英烈纪念碑水泥的阴影
直到领取骨灰的黄昏。喧哗间

太阳偏向了卫星城闵行,以及
锃亮的新电子区。而飞行的判官
已钓出他选中的女高音亡灵

黑暗以黑暗的引擎冲刺,众多的
灭绝刹不住车。殡仪馆对面
废弃的小公园:一颗星照耀
空穴之幽深,揭露堕落的
死后命运!——当他拎起她
歪斜地掠过,企图超越悲惨的
永劫:他们听到,沸腾岩浆里

闷雷滚动……摇撼那伸出冥界的
石头井台。女高音亡灵身形
脱落,被一片泛滥的绿焰没收
"然而为什么,陈旧的肺叶
依然存在——在人的空气里
抽搐……呼吸?"那肺叶
或许是转世之翼,要追上曾经

往去的光阴。"这痉挛的起飞

是否会抵达下一次生命？如果
我们，真的去找寻一个出口，
……历炼中另一扇火之
门扉……?"判官却拉紧她
在刚收拢伤势的龙漕路口
——当华灯铺展像金钱豹翻身

夜色将溢出更多金钱。锦江游乐场
代替了涉险。在他们迂回的
天路之下——一大片亮光偏执
辐射那么多中毒的心悸！早已经
退化，哦入夜的勇毅！而一种
莫须有，却可以凭着交错的
铁架和转盘来验证；——卷扬机

更把人推上又一个僵直的浪尖
——令落潮演变为最高的心愿
"那就让我们绕开这些吧，
翻越人群间溃散的
并发症……"一个球星
更衣时瞥见——有身体和

灵魂,路过体育馆不夜的天窗

一辆空电车呼啸着驶过,去迎接
入秋后第一阵好风;一对夫妇
合写新诗篇——去说出那好风
带来新死亡。女高音亡灵
她又以怎样的方式追随?从
放射性疗法的肿瘤医院,飞向
龙华寺那一记钟响,还有旧监狱

闻名的桃花……还有承包斋堂的
和尚,在厨房洗他的脏旅游鞋
壁上偈语褪色的毫光,依旧
暗含着真理之剑——"路径一定
远为繁复,所有的过程
都不能省略……"——于是
就继续——用速度去剖开

冲破囚笼的繁荣的大树,耳鼓被
重金属击出了血。"看那边光芒
豹子般尖锐,利齿不卷刃,

嚼烂了此夜……"盘绕又
翻转,他们飞抵还没有竣工的
地铁小广场,下降之前
先迎来机器漩涡里升起的吊塔

"——我们将逆着塔尖的指向,
——要通过所谓本质的罪恶。
——一种形象会再被赋予,
——一副嗓子会稍显得激昂。
——那懊悔的灵魂,要忍受
——本城不洁的火焰之煎熬。
……熔炼会不会带来新光泽?"

2　歌剧院

七十七级高台阶涌起。七扇
高门有火焰的金饰。这夜晚的
火焰烧透了镜子,亮光聚集
在乐池上方……序曲
开场:金属指挥棒,掠过
玫瑰天幕之浪漫,如一粒彗星

斜射进丰收和旋的起伏

国家庆典终于失去了一副嗓子
"她太艺术、太壮硕,又太
爱吃醋。她本质阴冷的器官,
冻结我的活力和创造性。"
舞台上,轻盈的少女们表情
庸俗,以瘦削的体态,妄图
换回那无以引吭的尖锐女高音

"……靠环环相扣的七条巧计,
我让她完成——从生到死
致命的化学……"突然休止了,
接着是更为广大的寂静
黑暗楼座间传出几声克制的
咳嗽。指挥席上,谢顶的新鳏夫
忘了翻总谱:也许,他听见

——不自觉的疑虑冒出胃囊
像梦之湖底升起的气泡
要通过食管到他的咽喉

振动没多少弹性的簧片:此刻
她多余的灰,是否已经被
秋风吹散?"我真的
摆脱了——她过于专业的

没命纠缠?"——他的手
挥动,启示雷霆。但一片
打击乐,压不倒一个
他意志以外固执的声音
恍惚的曲调,恍惚的追光
被剧情规定为冤死的鬼魂
从镜之火焰中现形于台前

然而在多余的幕间休息时
吸烟者熏坏了倾听和鉴赏力
就像他安排在后台的幽会
曾经被亡灵女高音撞破
"那倒霉的下午!那下午
够倒霉!"指挥家退下
一颗心狂跳……大汗淋漓间

催促的铃声又过早响起
而时间却总是滞留于音乐
音乐的时间比幻想的时间
更幽深,更缓慢,更像一场
反复的梦,从动机直到灌进
唱片,被无限循环,播放和
想象。音乐的时间是一种

无时间,美和忧伤,宁静和
遐思,内心的往事却不停地
疾驰,甚至要超出时间现在
在音乐里,在指挥棒画出
犹豫的弧线上,往事复合
疑虑,怎么也撕扯不开
——这的确像一口呛人的烟

令肺叶癫狂、渗血,以至于
破碎!被熏坏的,是短缺
氧气的松脆脑筋。"反面
调琴者,毁了乐器的每一根
神经!"……谋杀,到来

谋杀安排在一束蓝光里
——乐队滑向了死亡的无调性

最没有把握的一场戏展开
蝙蝠们穿越被压低的管乐
从黄昏飞进沉闷和恐怖。鬼魂
重临,靠机关布景和
几种视错觉,——鬼魂重临
蹁跹舞过金星缀满的歌剧院
穹窿,停在提琴手如诉的弓上

"她竟能身轻如一叶蝴蝶!
她其实更像是肥胖的蛾子!
她终究触犯了我的火焰!她
多余的灰,是否已经被秋风
吹散?"回旋里一个手势高扬
掀动一片虚构的欣喜,而一颗心
低颤——奏鸣没能够适时收尾

3　闸北

"浮上去吧!"——底下的黑暗
如此温暖,竟让人想起遥远的
胎儿期。在母腹里,在
欲望之火的变形记里,肉身成形
要滑向白昼。而白昼是一柄
寒意之剑。她的产生跟黎明同步
自地铁出站口,她裸露给太阳

……太阳斜刺,从右面进入她
透明的身体。一声误作尖叫的哭泣
已经把翅膀抽离肺叶,得以在她
喉舌间伸展,并且如偶然一现的
鹧鸪,影子被活力抛过了老闸桥
"——旧火焰添加新的干柴:
我又将重演我一生的失败。"

一条河流一天天更黑,一天天高出
赤杨和街景。喘息的工厂被吴淞江

喂养，像马群颓废蔓延瘟疫
"我是在机械的马背上长成，翻滚
起落，开放成一束不错的紫堇。"
她迷失于开工汽笛的晨雾
她的肩胛，花瓣触抚棚户的低檐

鹧鹕偶然一现，飞掠上午的集市
这鸟儿又绕过生铁皮烟囱
渡河去闯荡公共租界
"它哪里得知，——它的来生
也许会变成一只鹦鹉！"
而她前世却是个钉棚，她的相好
是水老鼠包打听是看更和码头鬼

小学校高杆上旗帜变幻，北站的
蒸汽车运来了军队……就在这
中国地界的古典时代，正午之光
会突然转暗——正午的喧哗和
本质的忧郁，催化少年，过门
到青春期：发育登样的乳房后面
一样大的肺活量改变其命相

"……下午我愿意穷尽陋巷,
以理想超越蛛网纠结黑暗的
路径。"——下午,漫长
几种幻象在晚秋里交替
或者是一朵金火焰骤现
或者是狮子,被镶上了花边
在贫乏的天空云彩般疾奔

新闸桥放行木头粪船,铁划子
出堂差黑河上争道,出巡的城隍
被堵于岔路——正当她
从一阵浊风里挣脱,走向黯淡的
长老会堂
    她又听到了洪钟疏缓
……埋没一阵阵单薄的鸽哨

——信仰要洗去阶级的烙印
彩绘玻璃窗滤净了亮光
在唱诗班,"在托举我
飞升的风琴仙乐间……

——黄昏有如复沓的曲调。

——黄昏的旋律转化成噪音,
要把苦难……用赞美去歌咏"。

黄昏她沿着脏河岸返回,仰头
看见了初月一轮,初月挥霍
为万顷漏雨的芦席棚镀银
而激情的电流,倏忽击碎了
怎样一颗心?"一个小白脸
或许在彼岸,从米行上好的
门板缝隙——张看他一再

张看的夜女郎。"……事物
却证实风的谣传,"我只关注
胸中的火焰"。天空复郁暗
布防探照灯,水电公司架起
小钢炮,"——我却只关注
胸中的火焰,火焰中我看见
我幻想的回忆灰烬般纷扬"。

白昼的鹧鹕重回巢穴:"睡梦将

安排新变形记。"——梦叠合梦
"梦断时一个女高音出世!"
她指望下一个白昼的明朗
她要求太阳更深地刺入
……她把洗脚水泼向了闸北
裸身躺下,感到碎月亮泼向了她

4 动物园

  "天上两扇明镜;

   人间七种火焰;

  阎王一本账册;

 时间流水落花。

而动物园:动物园依照经籍
布局,仿佛当初世界有序。
——世界有序,便于造化者

管理和教训……我被安排在
金鸟笼里,我的绿翅膀
收拾得更绿,更符合一只
观赏禽类的荣誉和身份。

我已经日渐肥沃慵懒,
就像我那个死去的女主人,
——她也有一副绿鹦鹉嗓子。

——她也有跟我一样的热病,
从盛夏持续到疯狂的秋天。
钢窗向着大气流打开,风刮倒
下午的法国梧桐。我挑剔出
钢琴中犀牛骨架的快刀眼力,
又看透一轮不变的轮回。
……靠环环相扣的七条巧计,

从生到死的致命化学圆满地
完成。指挥家的失算……
女高音的苦水……他的磨难和
她的怒斥。疼痛。配方。杯子。
嘴唇……而仿佛一面再现的
镜子,我学通人语的柔软舌头,
是全部见证里最硬的火焰。

风刮倒下午的法国梧桐,

一场雨来得正是时候。
一场雨润滑死的旧齿轮,
一场雨也清洗真相之火的
阴影和灰烬。当一个意志
乘肺叶飘离,一场雨令世界
重新开始。——现在我在这

开始之中,我是这动物园
崭新的居民。鹰踞崇高的
铁公馆长鸣;天鹅的颈项
弯曲了湖面。哺乳类离开我
较远一些,但我能想象,
红色猞猁夜半的活力;老虎的
壮丽和斑马的犹豫。孔雀

迎阳光招展;金钱豹噩梦里
翻身;我曾在露台上俯瞰的
节庆夜——变幻、收缩、附体于
分科目度日的禽兽:猴子们
礼貌太多;大蜥蜴旧肌理太多;
火鸡的褶皱和穿山甲鳞片,

相对我习得的修辞都太多……

相对我习得的陈述和感叹,
那判官还魂亡灵的努力也
一样太过分。当一个意志又
乘肺叶迫降,啊我的翅膀!
我的发声学!——我也许
一样碧绿的鹦鹉之血又如何
接纳?又如何承受,我那位

女主人进入她昔日玩物的
恐惧、惊喜和巨大的幸福?
啊激昂的花腔,在动物园,
两种身份被合为一体。
两种目光自同一瞳仁,射向
似曾相识的鹌鹑,还有
风景、季节、罪愆和秩序;

还有熄灭于开始的记忆之
火、遗忘之火、确证之火和
否定之火,以及一朵悔悟之火。

那边宫廷里,大象正缓慢地
起身、踱步,不经意地回味
梦的消息……因此,在动物园,
在聚集、过渡、显形和隐身的

金鸟笼里,我也曾经是另一个
我,声音也同时是另外的
声音。因此……在当初:
 天上有两扇明镜;
  阎王靠一本账册;
   人间燃七种火焰;
    时光如流水落花。"

5 外白渡桥

暧昧的建筑,凭空被造就
一座桥征服了断裂的梦
在两股浊流交汇的三角洲
在反向的漩涡般升起的城市
一座桥抖开钢铁的旧翅膀
要完成可疑和妄想的飞翔

它僵硬的姿势靠船头来

抬高,它复杂的关节
支持着形象。而太阳却如同
滚烫的别针,把阴影文刺进
河流的皮肤。肮脏的
河流!里面是否有幻想的
鱼类?生殖之力被集中起来
鳞甲映射出时间的青光

霓虹用七彩维持着弧度
一对旧翅膀奋力在拍打
生锈的钢翼得病的肺叶
肺叶里贮存过怎样的烈火
如同袒露在风中的篇章
铁桥又会有怎样的疑问句
去贯串每一对死亡双行体

况且从云絮的俱乐部方向
从证券交易所打开的窗口
通过铁桥那弯曲的假诗意

那怪异的拱形和倾斜的透视
城市扩展它错误的胜景
漂浮的权力,循环的喷泉
热烈的少女和冷漠的

市政厅,以及折扇般
打开的乐园:这填实的涨滩
沧桑颠覆,跟阅历等高的
执拗的纪念碑如一截
脖梗(又一截脖梗,新的
倒高潮)——那空洞的头颅
甚至没有自虚无中长出

铁桥朝向宽一点的江面
江面给城市异质的繁忙
一艘红色巨轮在移动
在缓慢地膨胀,仿佛扩音器
压倒众乐队涣散的嘈杂
——把一个时代
放大到不能再放大的音量

殖民的次高音蔓延和稀释
海关把尖顶还给了伪古典
爱奥尼石柱间自行车滑出
——！自行车疾掠
逆于红色巨轮的方向
去攀爬提前到达的暝色
提前到达的世纪之暝色

是铁桥加强这突然的暝色
是铁桥的飞翔逼排和提升
当逆行的自行车此岸到
空中，当自行车陷阵于
放大的死寂，黑暗挤压进
打开的身体，黑暗塑造了
骑车人一颗孤悬的心

铁桥的旧翅膀奋力拍打
它要把飞翔延伸进夜
生锈的钢翼
　　　　　得病的肺叶
——是怎样的火焰以

华灯的方式大面积降临
比黑暗的统治还要彻底

比黑暗的统治还要彻底
灯光广泛地整形和易容
一种弧度得到了确证
一枚亡灵被重新锻炼
——在甚于白昼的刺痛的
视域,倒影是死的嘴脸
抛出的终得以收回

铁桥的旧翅膀奋力拍打
飞翔沉重地落到了彼岸
这探身出空间的城市触手
以鸟儿的失败连缀了世纪
去贯串每一条再生之路
但庞杂的架构令它多暧昧
妄想的力量,更托举起它

6 图书馆

"光影间我看见高涨的海,
光影间我看见
海上蔓坡的紫云英花焰!
——那容颜被花焰掩盖去
一半!"——另外那一半
移向了图书馆渐暗的窗台
……外面草坪上云影正推移

云影把钟楼的瘦肩膀加宽
指挥家依旧沉溺于错视
他朝着落日摊开旧画报
展示一场海畔音乐会
马头低垂的竖琴,对称的
宴席和肺叶,以及腰肢
腰肢和腰肢——"那容颜

被花焰掩盖去一半!"
指针交错剪断目光,阅览厅

泛起黯淡的银灰。管理员
催促:"今晚停电了!"
闭馆安排在月出之时。外面
草坪上,一派夕阳化为露滴
隐没进秋天的缝隙和根茎

书本又收藏入库,"这可是
最好的公墓!寂灭的火焰
煎熬亡灵,怎样的判官会
第二次赶到?"一个身形
疾掠过来,划破草皮,翻越
微光纤细的铁栅。指挥家倦于
阅读的眼睛,看不清昏黄间

狰狞的表情。"我知道终于会
跟他遭遇,要忍受铁一样
无情的刑讯……"晦暗之中
指挥家看不清判官手上卷宗的
颜色。"那卷宗里翻卷着
阎王的舌头!吐露又一份
死亡黑名单。""然而其中

也翻卷赦免的意志和大规划:
当一枚指环如白金蜘蛛,
以细线又钓出纸页间复活者
斜体的姓名,那它就仿佛
熔炼之光,有分寸的仁慈。"
判官打断了钟楼一声声到点的
连击:"……在命运的定案上,

我的笔总会重新加圈点……"
大理石廊柱混淆于浅影;石膏
雕饰退缩回手艺;彩绘玻璃窗
渐渐在淡出;阴郁的大吊灯
自椭圆的顶端茫然垂挂,重量
因空寂而无限消隐……在它们
对面,巨大的镜子显现出字迹

繁复的回廊,缠绕的楼道
深埋于尘土的一致的书籍
幽微、错杂、艰涩、糜烂
完全的物质中精神的化石

图书馆黑暗的禁闭之中
到来的月色把一本旧画报
检阅了又一遍。"光影掩盖了

一半容颜,是否也经历一半
纸火焰?""以另一种刻意
那女高音亡灵又隐形于新的
热病的肉体……而我的努力
最终指向你——我要证明,
躲不过的惩罚到来,到来了!
——有如推论中必然的链索!"

……市立图书馆大面积退潮
停电的苍白,仿佛指挥家
咬紧的嘴唇:"……铁的刑讯,
抽象的绞架,判官的正义,
以及……"闪电击碎了骨头和
窗!指挥家书籍般打开身体
——掉落出玫瑰枯槁的残余

"黑暗挤压进打开的身体,

一颗灵魂的硬核被蒂结。"
"一颗孤悬的心,难承担
急泻的血流激冲的高速!"
"他也要归于冰冷的纸火焰,
归于定稿的命书,名册、附录
缭乱的索引,我临时的编目……"

7　七重天

高度带给他俯冲的激情
加速度改变时间和方向
七重天楼头,旋转的
电视台。七重天上空
环形的广场。身披毛毯的
亮星在追逐——风的车轮
碾过了不夜的众城之城

女性在极顶那一层展开
炫耀一对对黄金乳房
"当我从'快乐大转盘'
起跳……"——判官

起跳,"我看见了火焰:
满城大火如大雪纷扬,
利刃切割开欲望的眼睑"。

巨型演播厅舞蹈者沸腾
肥胖的电子琴倒向了疑惧
一场水晶球内部的暴乱
预言般准时,随洗发液广告
溢出了亿万面癫痫的荧屏
"释放过祝福的黑铁嘴唇,
要随一颗头颅滚下阶梯!"

在第六层,哑嗓子氛围被
故意压低:翡翠屏风掩护
白颈项,粉红的灯光勾勒
小蛮腰。"咖啡这兴奋剂。
爱情和温柔乡。而我又
看见同一个亡灵,反复
上演她致命的一幕戏……"

判官又落向了第五层灿烂的

狂欢婚宴，用高潮去掀翻
性急的床帏。"谁会知晓，
——那席梦思女干将
疯狂迎合的谢顶新郎官，
是昨夜收服的指挥家阴魂！"
大火却更甚，命运隐现的

尖脸在熔化，银行警报着
螺旋体上升，蘑菇云弥漫了
七重天天际。半空的支票
滚烫的保险柜，尖脸呕吐
肺叶的黑血，黑血幻化作
别样的绿焰。——扭曲的
火，更刻毒的火，绝望

就将从中新生——热气流
却周旋，要减缓那判官
太快的俯冲。"于是我
见识了蓝色的第三层，
泳池波澜里鲜红的裸者，
俯仰间受用短暂的幸福。"

当火焰笼罩着……白领们

困守,在二层写字间,指望着
紧紧在握的手机。"但荧光绿
飘移,传不来排险获救的
佳音……"……无限又终极
——这滂沱一片的幻化之火
生猛了判官朝下的势头:脑毯上
翻打城市幻灯片,正为他映出

最后的图像:"商业已排满,
在铺张的底层!商业就像
久旷的柴薪,分享火焰那
广大的淫乐。我看见燃烧中
那么多人……那么多人
几乎是全体,他们在熔炼的
大火之夜,也仍旧攀爬

显赫的七重天……"也仍旧
借重升温的水银柱,如欲望
爬山虎,逆施于命运执行者

陡峭的来路:电梯运送他们,
到达七重天高处。"都市全景
已一览无余。——大火中
都市的肉身更骚动,都市的

游魂……是多余的灰!"
判官滑进秘密的阴井,返回
混凝土浇固的冥界。相反的
一极,透过七重天熔化的穹窿
中途展开的大梦要收场
——环形广场上钻石正聚集
星座被镶嵌在抽象的陵园

(1994)

断简

白昼显形的星座是忧郁
像一盏弧光灯空照寓言
像一颗占卜师刺穿的猫眼
它更加晦暗,隐秘地剧痛
缩微了命相的百科全书
当我为幸福委婉地措辞
给灵魂裹一件灰色披风
它壮丽的光环是我的疑虑
是我被写作确诊的失眠症
不期而来了巨大的懊悔
它甚至虚无,像我的激情
像激情留出的纸上空白

它因为犹豫不决而淡出
也许它从未现身于白昼

那么我看见的只是我自己
是我在一本中国典籍、在
一面圆镜、在一出神迹剧
阴郁的启示里看见的自己
缓慢的旋涡！它光环的
壮丽是我的幻视，是我混淆
记忆的想象。不期而来了
意愿的雪崩——它甚至是
悖谬，像我的精神
照耀我拒绝理喻的书写

*

航空公司的喷气式飞机划过晴天
那漫长的弧线是一条律令
它延伸到笔尖，到我的纸上
到我为世界保持安宁孤独的
夜晚。我坐在我的半圆桌前
我头上的星空因我而分裂
那狂喜的弧线贯穿一颗心
如一把匕首剜转其间，它是

极乐,却表现痛楚,表现全部

持诫的苦行和仰望之背弃

——我坐在我的半圆桌前

航空公司的喷气式飞机掠过乐园

仿佛金钱豹内部的猫性破膛而出

我头上的星空因我而分裂

一只大张开翼翅的乌鸦

飞翔的骨骼被提前抽象了

我坐在我的半圆桌前

一个笔尖画出一条新的弧线

我沉溺于我此刻的生涯

幻化的生涯,双重面具的

两难之境。我周边的风暴

来自我匕首剜转的心事

我坐在我的半圆桌前,头上的

星空,因我而像一副对称的肺叶

*

然后我倦怠,在那些下午

古董打字机吐出又一份应急
文件。透过办公室紧闭的
钢窗,时而透过形式开放的
夏季钢窗,我仍然会看见
乌有的星座在黄昏天际
下面是城市带锁的河流
——那滞涩,那缠绕
那翻卷起夜色的连篇累牍
我知道打字机吐出了它们
而吐出打字机铿锵键盘的
是豁开于公务神额角的裂口

家神更甚于严厉的公务神
他吐出相关律令的碎片
他使我快活,当我恭顺着
我会于绝望间看到我梦中
丧失的可能性,我会以为
他给了我足够的世俗信仰
因而在一根虚构的手杖上
我刻下过,反面的野心和
征服的铭言,它能够支撑

灰烬中我那些苏醒的欲望吗
要是欲望即我的存在,真实的
手杖,就是我死后才来的晚年

               *

一匹怪兽会带来速度,会变成
往还于记忆和书写的梭子
它织出我的战栗和厌恶
我的罪感,对往昔的否决
黄鼬大小的身形疾掠如一把
扫帚,好让女裁缝骑着它飞回
它不仅是时间,是刻骨的虚构
像童年噩梦里精神的异物
——环城路口的圣像柱下
它还会给予我最初憬悟的性之
惊惧!女裁缝升起大蜥蜴面庞
自行车拐向成长磨圆的懦弱街角

那怪兽也会带来翼翅,自行车飞回
小学校唯一的沥青篮球场

朝向过去的把手一偏,它又飞回
初秋的旗杆、招展的香樟树
红瓦屋顶下空寂的教室
我在女厕所独享的挫折
钢圈急旋又急旋着表盘
追逐的指针剪开了隐秘
当那根圣像柱指针静止于现在
往昔被歪曲、歪曲地重现
——我体内黄鼬大小的异物
仿佛星座的精神暗影会带来霉运

*

教育并不是一对刹把,能随时
捏紧,控制一个人发疯的速度
教育虚设,像自行车怪兽
锈死的铃,像女裁缝多余的
第三只乳房。压低的疑云下
少年时光笼于服从,被纪律
假想的界划镶金边,圈入苍白
森严、点缀贫乏的神圣无名

直到自行车穿透广场,去撞翻
花坛、教堂玻璃门、晾晒着
妓院风信子被单的竹头架阵
快得像体育课镀银的冲刺哨

众我之中我并不在,众我
之外,冰块迅速溶化于泛滥
那是马戏场,是开心乐园
我听到的却还是晴空里命令的
镀银哨响——呵斥的拳头
迅疾重击我坍塌的肩
用以抵御的也许是词语
是作文簿里的扯淡艺术
要么,无言——窘迫地孤立
像一幅旧照片展示给我的
无端现世的稀有的麒麟:腼腆
古板、怪异于庸常的局促不安

*

旋风塑造了环形楼梯,伸向

混乱的通天塔高处。那里
浑浊之月蔑视生活,而我由于
生活的过错,被罚站在冬夜的
危楼阳台——又一阵旋风
扭结了胸中冷却的火焰
家神的火焰更像旋风眼
是幽深玄奥的静默训示,轻抚
吞声,震怒中到来最后的宣判
那也是所谓无名神圣,是作为
绊索的向上的途径,是蛮横的
否定,是迎头痛击,是危楼
阳台上,旋风盘转的我之炼狱

我忍受的姿态趋于倾斜
适合梦游的阳台围栏前
我有更加危险的睡眠。睡眠
深处,却没有梦游的必要平衡
我也没有闪电平衡、雷霆平衡
一个宇航员征服星座的自信和
平衡。当一阵旋风实际上已经
折断通天塔,那向上的楼梯

也伸向惩罚。我相信我正
一脚踏空,跌进那伤口
我豁开的额角渗出乌鸦血
定会污染家神铁面无情的尊严

*

于是我歌唱羞辱的年纪,用
甜美却发育不良的受控的青春
一只手如何成一柄利斧,破开
内心悠久的冰海?一只手以它
肆意的抚弄,在走廊暗角
采撷少年的向日葵欲望
流动的大气,又梳理一个
短暂的晴夜——于是我歌唱
摩托之戏,摩托之电影
骑着它我冲刺水塘、跳舞场
倒向混同于阳光的草垛。并且
于是,让一条姑娘蛇缠上了我

分裂精神的语言宿疾缠上了我

它是青春病,是寓言中

奔向死角的猫之猎获物

未及改变方向而毙命

它有如性隐患,淫乐的高利贷

仿佛书写者一寸寸糜烂的

全部阴私。它也是通天塔高处

另一路蜿蜒,另一根绊索

另一只抚弄晴夜的手。于是我

歌唱羞辱的年纪,用咬人的诗

刺杀的剑,用一记闷棍,用

甜美却发育不良的受控的青春

*

天气多愁,任意的光阴随波逐流

有一天世界转变为惊奇

有一天傍晚,我醒于无梦

日常话语的青涩果实抛进了阁楼

天井里几个妇女的唠叨

是果实含酸的清新汁液

母亲,搭着话,而我正起身

迎接黄昏。任意的光阴随波逐流
夜色多愁青春更消瘦
而我看见我写下的诗，摊放在
半圆桌，那日记本里涨潮的海景
被透进高窗的星座光芒快速一阅

潮湿的石头散发一阵阵月亮气息
在走廊拐角和天井的矩形里
清影的迷雾，又弥漫一阵阵
酸橙气息。我的苏醒重复一次
我再三重复，如盆栽宝石花
展示互相模仿的花瓣
花影在迎来的良夜里变暗
母亲去点亮阁楼的灯。母亲
搭着话，赋予我纸上唠叨的能力
而我看见我疑虑的诗，摊放在
半圆桌，那日记本里退潮的海景
被透进高窗的星座光芒快速一阅

＊

继续梦游？为什么要加上
犹疑不确定的手杖问号
在手杖上，新的铭言
已经被刻写，如一只乌鸦
成年，换上新的更黑的羽毛
在飞翔这梦游的绝对形式里
无所依托的翅膀掀动，表明
一个历程的乌有。那么为什么
继续梦游？为什么不加上
犹疑不确定的手杖问号？如果
空气是翅膀的不存在现实
而我的绝对雄心是栖止

绝对确定的仅只是书写，就像
木匠，确定的只是去运用斧子
他劈开一截也许的木材
显形于木材的半圆桌为什么
并不是空无？犹疑不决的

手杖问号又一次支撑,让梦游
继续,穿越我妄想穿越的树林
捕获我妄想捕获的星座
而当我注目对街如眺望彼岸
……一座山升起
并让我坐上它悲伤的脊背
去检讨不确定的人之意愿

*

光的缝纫机频频跳针
遗漏了时间细部的阴影
光线从塔楼到教堂尖顶
到香樟树冠到银杏胡桃树
到对称的花园到倾斜的
弹格路——却并不拐进
正拆阅一封信简的阁楼
我打开被折叠的一副面容
那也是一座被折叠的城市
如一粒扇贝暗含着珍珠
用香水修饰的肉的花边

呈献阴唇间羞耻的言辞

女裁缝咬断又一个线头
带翅膀的双脚抽离开踏板
光的缝纫机停止了工作
女裁缝沿着堤坝向西
她经过闸口又经过咖啡馆
她经过暗色水晶的街角
宽大的裙幅兜满了风
她从邮局到法院的高门
到一爿烟纸店到我的阁楼
挽起的发髻映上了窗玻璃
她扮演梦游人身体的信使
呈献阴唇间羞耻的色情

*

而我将累垮在一封封信里
（先于绿衣人投递的喘吁
在女裁缝呼啸的气息沼泽
我累垮过一次，又累垮了

一次。)震颤的字迹还原

回到它最早发出的地址

被折叠进星座誓言和

戏语抚弄的旋涡城市

而那些已经被划去的致意

又再被涂抹,为了让急于

却不便表白的成为污渍

——忍无可忍地一吐为快

信模仿欢娱的罗曼司节奏

却差点儿变成,盲眼说书人

弹唱给光阴的生殖史诗

每一声问候有一次死亡

每一趟送达是一个诞生

笔尖如舌尖舔开了阴私

信侵入一夜又一夜无眠

另一夜无眠,我等待门环

被第二次叩响——相同的

送达和问候,不同的诞生和

死亡——信封里重新撕开的

性:出自几乎已累垮的书写

*

叩响门环的却不是邮差
甚至也不是恭谦友好的
瘦弱的自我,抑或拥有
无边权力的命运占卜师
那占卜师此刻也许在云端
在一座有着无数屋顶和
众多庭院的星座禁城
他能否突围呢?他是否将
到来?走下台阶有如舞蹈
像一架推土机,奋力挤开
潮涌向通天塔遗址的群众
不意汗湿了胸中的天启

那么是风在叩响门环?是风
造访了我的陋巷?它不仅
叩响,它撼动阁楼,它的
锋刃割破灯头上火焰的耳朵
"它没有恶意",我镇静地

写道,"然而上面的光芒
摇曳"。光芒摇曳
光芒熄灭了,我听到绝对
寂静的回声,如割破的耳朵
滴溅开黑暗。"那确实只是
风",我又接着写
——风中我写下或许的天启

*

缓慢的城市,缓慢地抵达
街车弥留般奋力于蠕动
时间是其中性急的乘客
他曾经咆哮于一辆马车
曾大声催促过有轨电车
嗓门却压不下柴油机震颤
轰鸣的大客车,当一辆轿车
被阻于交通的半身不遂
他默然其中,一颗心狂跳
城市却因为他来到了正午
慵懒的钢窗朝堤坝推开

能看见江面上阴影在收缩

其实是江面上一群鸟转向
它们的羽毛沾染沥青
负重掠过轮船和旧铁桥
而我试探——它们巡警般
多疑的盘旋,困惑高出倦怠
去统览正午的缓慢和性急
弥留和抵达、意志之死和
欲望的波澜——我站在
标志性建筑的象征屋脊
迎候突然到来的预兆:星座
有一次臆想的转向,喷气式
飞机手术刀一样划开了眼界

*

继续上升?到更高处
俯瞰?但是被戏称为
膝盖的斜坡我无法攀爬
那是块脆玻璃,是薄薄

一层冰，经不起精神
沉重地跪压。那膝盖斜坡
只适合安放夜半的日记本
滑翔的羽毛笔、不能够
绕道而行的诗句、黎明
才略有起色的书写
这书写成为我真实的上升
像死亡诞生真实的灵魂

城市展现在书写之下
城市的膝盖斜坡被俯瞰
它有空空荡荡的品质
有空空荡荡的明信片景观
环形广场空无一人
街道穿过空旷的屋宇
延伸空洞静止的集市
那里的咖啡馆座位空置
空杯盏反光，射向阁楼
空寂的空寂——我的语言
空自书写在我的陋巷
当我正空自被书写所书写

*

飘忽不定的幸福降落伞
要把人送回踏实的大地
谁能在半空选择落脚点
像诗人选择恰切的词
事物的轮廓越来越清晰
谁又在下降时提升了世界
像身体沉沦间纯洁了爱情
像一个写作者,他无端的
苦恼客观化苦恼——现在
谁从陋巷里拐出?披衣
散步,脑中有一架乐器正
试奏,带来飘忽不定的音乐

那乐器试奏了谁的生活
纸上也无法确定的生活
现在陋巷里拐出的那个人
步入一派纯青之境。孤寂
安宁,仅只是足够累赘的

共鸣箱。可究竟谁是宇宙的
拨弄者?顺手拨弄写作之弦
可究竟谁是不安的跳伞者
跟我一样,他真能立足于
大地之上吗?纯青之境里
谁又能返回此刻的幻化生涯
——站立在幸福的虚无之境

*

于是,也许,像音乐抽象了
这个世界的时间之时间
他向我展示的,他以为我
领悟的,也仅只是作为
幸福的幸福。在他的幸福里
我困扰自我,在他的幸福里
我营救自我,一个人散步
到更远的境地,挖掘醉意
无限的厌倦——骑马、游泳
划船、打短工,以木匠的手势
斧劈本质乌有的香樟

令书写的半圆桌显形于技艺

令一个诗行显形于无技艺
半圆桌上星座迂回融入下一夜
我也在脑中试奏音乐,并使之
虚无,时间则依然行进于时间
那显形的诗句是一次艳遇
是陋巷里细腰夜女郎现身
"我跟她有甜蜜的风流韵事
完全陶醉于她的节奏",邮筒
饕餮生吞明信片,却消化不掉
厌倦的醉意。半圆桌上,诗行
本身却守口如瓶,只字不提
或仅仅拘苦于言辞的欢娱

*

当一个炎夏展示剩余的七天春光
像纠缠的未婚妻同意从热烈
暂且退步,我会获得想要的一切
美景无我和书写无我,以及一根

支撑梦想的梦想手杖——那正是
一些梦,让我能梦见我,如梦见
不能复活的人。或许我只是
白日飞升,从陋巷的阁楼到
纯青上空,在越来越缩微进
蓝天的迟疑里回看梦游者
回看梦游者即将醒悟的漩涡城市
漩涡城市的炎夏剩余的七天春光

此刻是否已经第六天?已经是
第六个黄昏此刻?纯青第六次
转变为幽蓝。一个不能复活的人
注定会更暗,倒影贯穿星座倒影
像喷气式飞机贯穿着航线
这是否构成了额外的判决
美景无我和书写无我继续扩展
梦却将梦还给了无梦,如同春光
终于把自己还给了炎夏。"也许
我又捕获了自己?"绳索或
镣铐,也可以作为命运的解放者
正好第七天,热烈重新熄灭了我

*

因此神迹剧演变喜歌剧
弧光灯空照寓言乐池里
断弦的竖琴。因此爱是
必要的放逐,是书写忍受
必要的鞭挞。现形于纸上
语言的惊愕,也将文刺其
克制的惊愕,引来一个
柏拉图之恋的夜女郎惊愕
惊愕地投入色情的怀抱
错失的怀抱,弧光灯空照
命运的怀抱——弧光灯
空照:命运深处恐怖的爱

但它是命运深处的溪流
流经太多腌臜和贫乏
如此艰难——虚荣被逼迫
陌生的同情和胆怯的欲望
却要从加速的血液循环里

抽取力量，抽取纯洁
也抽取意志，将一个约定
变为约束：在那里恐怖是
爱的终结。而当人游离
随风逝，被幸免之戏塑造
成圣，着了魔；星座无情
会依然映照他晦暗的痛楚

*

自一种空灵还原为肉身
欲望又成为漩涡城市里
带锁的河流。垂暮的光线
牵扯不易察觉的星座
这偶然看见的看不见的
幻象浮泛向晚，在明信片
反光的景观一侧，被邮戳
打上了猩红的印记。当它
寄出，经由绿衣人准时
送达——绿衣人证明说
这是个幻象——是从幻象

终于获得的想象的现实

那么想象的力量在飞行
几只乌鸦返回了旧地
永恒从枯枝催促一棵树
一棵新树召唤着风。而我
沉溺的多重生涯里,幻象
壮丽着暮晚的星座,令现实
之我,更加沉溺于想象自我
多余的感叹窒息了公务神
还要沉溺的是我的疾书
一半欲望托付给信,另一半
欲望,将纸上彻夜飞行的
笔画,交错空中飞行的笔画

*

局部宇宙,它大于一个
未被笔端触及的宇宙。星座
内敛星座之光。在我书写的
局部时间里,一个人抵达

局部圣洁，一个人神化
局部意愿。就像悬浮于
黑暗的球，朝向灯盏的一半
裸露，成为大于黑暗的善
如尚属完好的那一片肺叶
承担了我的全部呼吸、另类
书写、另一个宇宙、另一片
肺叶满布阴霾的充血和急喘

而另一片肺叶却并不多余
它几乎必需它的乌云和
殷红晚霞。局部的痛楚命定
因为终于要致命，要在我
背后，跟一个意愿秘密幽会
这幽会将带来局部复苏
一瞬间幸福、清新凉爽的
少许良夜、纸上诗篇的局部
完美。而完美即纯青，即
意义的空虚，被书写表述为
局部的死亡大于全体：终极
梦幻大于梦游者漫长的一生

＊

或许我仅仅缺少我自己
我只捕获我灵魂的局部
局部灵魂掩盖着我
一件披风从灰色到荒芜
掩盖我书写的精神面貌
而那匹黄鼬大小的怪兽
出入其间,奔走于阁楼
奇怪地发出家神的咆哮
惊吓已经被催眠的儿子
它成为占卜师又一个依据
表明末日还没有来到
还在行色匆匆的路上

死亡则过早来到了纸上
它被笔尖播撒进诗篇
不止于某个灰色的局部
它迅速扩展为耀眼的白色
封住了呼吸的继续喘吁

黄鼬大小的凶兆之猫
被占卜师剧痛地刺穿了
眼睛,它的变形记更为
神圣,如弧光灯照亮
又一半黑暗。隐于黑暗的
仍然是我,厌恶、罪感
剧痛里每一种巨大的安详

*

现在你来到了命运的门廊
变幻之猫,黄鼬大小的星座之
异物。现在我也重回这门廊
它的纯青锈成了暗红。一阵风
轻抚,一阵风睡去。正午倾倒
烈日,淋透一个回首的幽灵
没有形象的丧失的人。现在你
来到你的炼狱,我来到一座
地上乐园。火焰蓄水池幽深又
清澈,火焰的喷泉残忍而激越
火焰是占卜师揭示的天启

令我的倒影,是你的无视

令我的倒影是你被刺穿的
无视之眼,黑暗电击你
更为盲目,从门廊到厅堂
到我的阁楼,到鸟笼空悬
高窗哑然。在夜晚,你的皮色
混同斑斓的金钱豹星空,你的
猫性,负载大于宇宙的不存在
当我已不存在,你纵身一跃
依然掠过我的半圆桌。半圆桌
摊开那无限反转的中国典籍
请杀死我吧!这悖谬的典籍说
——要不然你就会成为凶手

(1996)

序曲

> 一天破成了小小的碎片
> 成了我们所说的语言
> ——奥克塔维奥·帕斯《寓言》

> 可怜的时间,可怜的诗人
> 困在了同样的僵局里。
> ——卡洛斯·德鲁蒙德《花与恶心》

唯有开幕式足以翻新八月的检阅
他异于原先的排练套路,没摊开总谱
也没穿制服,也没戴臂章
他当然不能是手挥的确良军帽的模样
叼着烟卷的嘴唇,绕以上缘弧度修成半月的
D大调灰髭,似乎在咕哝:眼力和表现力都不是问题
他厌倦了早年的某种音势,比如

压在一个人心头的云阵

也压在每个人心上

半圆丘上的日出景象

也是他梦见的景象

他也看见过喑哑的树林

听到过风声

让身形有如晴天的歌手

在积满落叶的空地大踏步

他的歌唱家正奋力穿过即将迁址的古玩市场

更早的时候,那儿叫鬼街,还要早,是坟地

从人们的喧嚷,辨音者能找出来自好几个世界的嗓子

不同的声腔有不同的神灵,接受不同的观念香火

而一场雨,很可能全都将它们浇灭。嘈杂

不影响回荡胸臆间烂熟的滥调。那么

是谁被允许说出幸福

在工业腐蚀河流的桥上,是谁

被允许梦见最初的星

大地内部青春的钻石

　　……那永恒的女性
　　指导和引领，胸中蕴含
　　诗篇的火焰

不难想象，神迹剧也有个庸俗的开幕式
从九条环线的几乎每一层，各路角色涌现
齐聚绝对的中心。一方矩形的花岗岩广场
曾遭反复血洗，微凹仿如古砚，迫使智囊团
提议：真要书写历史，那就该在此饱蘸
舔笔，哪怕只是到每一处旧地画圈
在圈里写上严正的"拆"字。方士们却往往
运用拆字法，以至倡导了反手掌掴的批评方式
尤其自我批评的方式……正式吹奏前，夸张的铜管
草率地反射云缝间泻出的夕阳赋格，直到暮色
闭合，荧光指挥棒，朝虚空连续划出无穷大

　　……黑暗如此亮丽，遮覆了纪律
　　荒废的边缘。谁把意志比喻为
　　大鹰？谁在此夜又描绘这下降

这栖聚,这合围,这突然的进入
反复的摧毁?看一轮温柔的新月已
高悬

  看月下的火车锈成了红色
构筑剧情必要的背景。禁闭的大都以外
浪费的钢铁滩头,谁梦见女主角
自上而下?完美的裙幅,提引
黎明的水波和海景,完美的腿
暗示紧密团结的核心

      玫瑰!哦器官!良夜
即此时

此时应该高八度。此处应该有掌声
但他还想要一记定音鼓,尽管他烦躁,不让
低智能冒充天才……而他的歌唱家仍在途中
跟传达御旨的属臣反向,一会儿左手推开,一会儿
右手推开,企图从全城拥堵里辟出新路,赶紧突入
中心演练场——嗓音强有力清澈的人,遇到阻拦
就指一指胸前闪闪发亮的特别通行证

就畅行无阻,就一直前往。没有人能够这么顺当
但需要扒拉的人群是那么多……一道只准口传的指令
在交通管制时段,靠与之相对的属臣的挺进
也难以抵达

   良夜却已经落满了矿井
一样的华光在谁的上空?苦难期待着
闪电——谁在流亡中获得启示?谁在星下
吟诵第一歌?当唯一的激情
从桥上下来,就像西风

要收割季节——是怎样的一次祝愿
在被迫的放逐里?是怎样的一次刺痛
在晕眩的最深处?谁预见一生又盛赞新人
凭借一个词超凡入圣,变成了领受和
上升的英雄

来不及反转,那就反讽。他甚至不屑这曾经的戏仿
为什么不能从二流样板飞流直下呢?为什么不能
再糟糕一些?悦耳这种好的故事谁没有听腻味
谁就不会(不配?)被认作最优品尝家……之一

塔吊拎他的指挥台上天，忽悠直到五彩云端外
视野一下子全方位醒豁，全方位寒冷，呕吐于
恐高，时而被遮蔽。他早年的面具得以分发
交给了每一个作为观众的临时演员
穿着纸尿裤，对每一餐盒饭荣耀地挑剔
为了翻动——在另一个和弦里又再
翻动——组合编织罗列连缀整齐划一的
缤纷几何形，服务于大国奏鸣的仪式
呈现，又一幅炫目的拼贴图景

  蓝色河岸是一个梦，上面奔走着
  夸父和刑天。红鹤与黑鹤突然飞临
  像一场雪，玻璃步态是清晨的露水

  天上的神灵泪流满面，歌手思念
  清凉的林带，岩石之手敲响疏钟
  震荡惊奇，面对生命的蓝色河岸

  河边的卵石是歌手的卵石，上面凝结
  天廷的悲哀，鱼鹰和日出同时飞临
  像一支歌，他的目光是清晨的露水

蜂群开始飞舞,阳光和歌声有如花朵
只有清晨,他才呼吸,他才坐在
蓝色河岸,感受天上的神灵之雨

配之以缶,配之以绝不让电视台转播失败的灯光效果
一幅长卷也将展开,那就跳进去看个小电影
在镜头的推移、转换间俯仰,或凌空立定
不让自己从摘星辰的指挥台坠落
他不会去演义图穷匕首现,锋利地捅、刺
割谁一道……这气概和必要性
让给了寻获与之般配的灵魂的渴意
——以狂飙节奏演进的中途却绝不让喝水
而中途醒来的人生,要以宣言有意去演砸
从演砸里挽回演砸的大戏

仙女们

绿发和白银的眼睑,乳房
腰,以及尖叫,穿行在
月下弃置的车厢。她们
受了伤害的鸟群,围绕着

聒噪，拍打又盘旋

她们夜半的盛大宴席
还没有结束，还没有
结束——当有人滞留在
火车集散地迷失又醒悟
当工人口含警笛，到机器
废墟，交换低于语言的

口令：物质之光、丝绸
铜矿石……仙女们继续
她们的夜晚，色情和葡萄酒
侵入了细瘦街巷的杜鹃
肉体交换灵魂的大火
石榴和石榴绽开了珍珠

然后轮到了敲打和扭摆，为此还招聘了
好几个马戏团，功勋杂技艺术家登台，贡献筋斗云
驯兽师用翅膀，拨弄竖琴健硕的弦，听上去就像
高唱着铁栅，铁栅和铁栅，割裂又隔开

哦铁栅，铁栅，哦铁栅和围栏
是谁徘徊在它们面前？看见仙女们
到旧铁路纵横的花园里裸饮
沉醉于仙女们呼唤春之蛤蟆的音乐
一只鲜红的天鹅降临，加入禽兽的
晚会，复杂的工业里丰收的场景

肉桂怒放欲滴，谁有幸获得
星辰的一击？谁得以跨越
从一重梦境进入另一重
相反的梦境。夜莺，青鱼，豹
它们隐晦的身体寓意在仙女瀑布下
在歌唱的新月纤弱的光中

追光将追打到旧商业区，到那里期待他的歌唱家
而且剧情已经到点，是时候了，时间到了
是石头决定开花的时候了，时间到了，请快些
是心脏躁动不安的时候了，时间到了，请快些
是全城宵禁唯有反恐坦克轰鸣的时候了，时间到了
请快些。流浪汉甲和流浪汉乙，却还要慢吞吞
等在一条乡间路边守着一棵树

无聊就用二人转扯淡。现在已经迟到了很久
是时候了,时间过了,他的歌唱家今晚不来了
而那个属臣,被深陷在喜迎和欢腾的群众泥淖里
仍在扒拉,仍不能抵达,不知道御旨早已经废弃
他上缘弧度修成半月的D大调灰髭越来越走形
就像气候,越来越融化掉自带乐团的云的仪仗旅
要是暴雨将淹没大都,那就来它个橙色预警
要是因雾霾摄像师转播得一塌糊涂,那就来它个红色
　预警
要是智囊团甲、智囊团乙也接到通知说今晚
不来了,那就来它个蓝色预案
让一只小兔一个小姑娘假唱着吊威亚慢动作飞天
用一个事先合成的视频,朝冒充的未来假装着张望
又再一次张望——投射到人之汪洋掀起的波澜大屏幕
巨型剪影,以两块燧石,打着了凭空悬浮于夜半的
　圣火

(2016)

上海童年的七个意象

烟纸店

要是侬用上海话讲出"烟纸店",联想马车(它常常有一个"阿会弄错"的挥鞭人)就很可能一路赶往"胭脂店"。小男孩带着误解的惯性跳下来,思绪一时间仍旧在跑马,还以为他去的甚至是"燕子店"。不过等在木柜台后面的,并不是面带桃花的姐姐,檐下梁上,也见不到哪怕半只鸟笼子。小马路旁的明暗之间,是一个整洁得显出了苍白的阿婆在售货,她会递给你两分钱一盒的自来火,要么一分钱一捆的牛筋宽紧带,假使你手上刚好有一角钱,就可以买到一支竹杆圆珠笔……这情形属于老早的上海了。相对那时候,现在买什么都得花重金!或许就因为重金之重,眼下,那些老城区弄堂口的、僻远小区里破墙新开的、郊区公路边随便搭建起来的小店子,就再没有了烟纸之轻,于是也不再有这么个名称了。回想起来,而且一定仅仅在回想里,过去上海的那种烟纸店,还真有一点胭脂般的小小俗尚和燕子般的小小便捷呢——绰号嗲妹妹的三层阁千金会跟着扭捏的洋房阿姨,去烟纸店打听蝴蝶牌雪花膏;老克腊爷叔到烟纸店买的绝不是飞马牌(他要的一定是硬壳红双喜);穿喇叭口裤子的小阿飞急刹,就那么跨在脚踏车上面,向烟纸店要一根、两根、三根泡泡糖;而在热天漫长的暮色里,烂麻皮婶婶汗涔涔穿过一大片棚户,来烟纸店赊一盘三星牌蚊虫香,外带着拿走了又一把蒲扇……

防空洞

那是些水门汀地洞。跟所谓地下长城的关系,有点像康乐球之于斯诺克或门球之于高尔夫。就是说,被市民们挖成了那个样子,其依据却来自打现代化持久战的理念及构造未来世界的蓝图。对应着一铁锹一铁锹挖地洞的白昼,常常在操场、空地或大草坪,市民们度过了一个又一个露天电影的夜晚。跑片的摩托车披挂帆布袋，帆布袋里装胶片的匣子，一定盘曲着半部《地道战》。黑狗子假扮武工队员，他那句"别的村的地道挖得也不错呀！"老是被逃学的男孩含在唇齿间。男孩一面惟妙惟肖地把这句对白又学上一遍，一面就带着棚户区随便哪一个苏北人家最小的女儿，跳进野花园新开的壕沟，秘密地钻到了地洞里面。男孩用自来火点燃丝瓜藤，装模作样狠吸了几口，令他那地下的小伙伴佩服崇拜得一天世界。接下去他们会玩一串游戏，捉迷藏外加地心探险，扮医生看病外加幽深处人工呼吸……这"别的村的地道"倒也算得上四通八达——进去时刚刚才过了正午，从另一头上来，他们就立即融进了西区的幽暝。又一个下午，在洞中读罢《曼娜回忆录》，再一次返回地上的都市，他们已长大。而新一代孩子，却在地铁车厢里埋头看手机……当地洞们不再——其实从没有——具备战略的重要性，就奇怪地显露了称之为"防空洞"的那般理由：为防它们的空洞和空置，被改建成旅馆、餐厅、书店或跳舞场——冬暖夏凉的地下上海，又有一番别样的生意兴隆呢。

火药纸

  是仿佛正在消褪的纸张，有着类似于赤曲涂抹喜蛋的颜色。它的上面，应该说它里面，整齐纵横地排列着一小点一小点黑颗粒。这含有氯酸钾与红磷的颗粒，令一伙儿时玩伴们以为它正是所谓"火药子"——火药最小的那些孩子吗？——上海口音让想象拐进了又一条小弄堂。在小弄堂里，特别在革命化、战斗化的那几个春节，火药纸抢手，传过来递过去……手背和手指遍布冻疮的鼻涕大王，握着一把羊角榔头，撕下了火药纸那么一小点，放到落砖或一段也许曾属于窗台的水门汀上面。榔头奋力砸下之际，会有一声相对局促、轻微的炸响。这样的稍纵即逝，并没有带来多少失望，鼻涕大王于是把榔头交给下一个，再下一个，又下一个……"火药子"被砸得"啪—啪—啪—啪"地连连作响。对弄不到像样的鞭炮，更别说双响大炮仗的小男孩来说，火药纸真是很好的替代品。从年初一到年初三，总是能看见小男孩们撅着屁股聚拢一堆，专注于用榔头砸响"火药子"，为那么点"啪啪"

声兴奋不已。这当然让大一些的男孩子正眼瞧不上，尤其当小男孩捂起耳朵，更是让哥哥们大感不屑。不过，有时候，火药纸反而是可以炫耀的：如果，你刚好有一把用粗铅丝、牛皮筋和硬板纸做成的小手枪；如果，你把火药纸里的一小粒"火药子"塞进了这个土得几乎没用的装置；如果，你挥挥手，居然朝天打响了一枪，空气里因此还飘一缕蓝烟……那么，很可能，你就不只是鼻涕大王了，你就会成为"啪"一声那么短暂有力的、弄堂男孩们不得了崇拜的弄堂一把手。

灶披间

灶就砌在弄底，在一扇能张见石库门后客堂的玻璃窗下面。斜披的棚顶，上面用不着铺一层瓦片，只要用竹篾条夹住油毛毡，简易地钉在木架或水门汀柱头就行了。棚顶之下，曾经是汽油灯，后换成了白炽灯，再后来用过日光灯管，以及流行的各种节能灯。相应地，烧柴爿稻草的土灶也换成了煤球炉——清早的时候，就会有迅速演变成阿婆的小姑娘（她曾是石库门人家的帮拥或童养媳）从灶披间出来，拎着煤球炉，搁到小弄堂边上离水井不算太远的地面，用那把最破的蒲扇，将炊烟从青蓝直至乳白，还没睡醒般惺忪地甩向半开的三层阁，令刚刚从被头洞爬出的房客夫妻忙不迭咳嗽，暂缓了昨夜就开始的相骂。那炊烟却又像翻过山脊的一脉溪流翻过了屋顶，跟另一条小弄堂里另一只煤球炉升起的慢动作炊烟会合起来，成为弥漫在半空的另一个上海……在另一个上海，煤球炉进化成煤气灶，煤气灶里又喷射出天然气，那搭建在弄底的披间违了章，被不情愿，不，情愿地拆掉。煤气灶移往石库门楼头半改造的后阳台，彩钢板铺到屋顶，眼花绿花，却依旧被卖汏烧的马大嫂唤作灶披间——倒不只因为"一样只不过搭出来一只屁灶精……"——现在已将近吃夜饭辰光，几家人家的男人（常常是男人）在半空中的灶披间弄一些清淡或浓油赤酱，他们彼此七搭八搭，开大兴掰错头——灶披间论坛甩出的家常话，像碟里碗里一样样家常菜，粗鲁又香飘。

废品站

全称是"卫红废旧物资回收站",要不然就是"向东废旧物资回收站"。写着这等字样的木牌,或挂在酱园和照相馆之间的夹弄边,或钉在了公厕斜对面马路拐角上。一天世界的那些日子里,想零用铜钿人们就会在木牌旁边排着队等候。男孩穿着军绿色裤子,臀部喜剧般补一张藏青的密纹旧唱片;女孩用牛皮筋管束羊角辫,灯芯绒套衫都快给洗白了。他们的面前,地上,破竹篮里盛着废纸、边角布头和闪烁的碎玻璃,再就是扎成了小捆的《文汇报》和《解放日报》,但是不会有《参考消息》。废品站狭小得必须用螺蛳壳才得以形容,店堂里少不了一杆秤和一架台式秤,一只打开的锌铁皮盒子里,有一摞角票和一大堆分币。这是个昏暗且散发一阵阵霉味的地方,靠墙堆满了《红旗》杂志、小开本的《支部生活》、各种合订本传单、由大大小小的造反司令部红卫兵小分队匆忙编印的——对叛徒内奸工贼反革命的揭批材料……而前几年一本刊有王丹凤嗲照的《大众电影》,更早的一本辑有波德莱尔诗篇的《世界文学》，会近乎不可能地露出一角，立即被趿拉着一双海绵拖鞋的四只眼看上了，如获至宝般偷塞进裤腰……废品站实在又是个聚宝盆。不妨再看看另一边墙脚，废纸被填进可以拆卸的一口大木箱，花白头发的赤膊爷叔在木箱里狠命踩，想要把废纸们团结成木箱大小的紧密立方体。不过他神色间有一番小心——生怕万一有一幅领袖像混同于废纸——真要是像似狗胆包天触霉头踩到了领袖额角头，那花白头发的狗头可难保！

老虎窗

由 roof 而老虎！这般鲁莽的音意转折（简直是锐角急弯），大概只能用"洋泾浜的 n 次方"来形容！在上海话蒙昧又激情的青春期，误解的直觉带来过多少意外的创造性！把一种超现实赋了予弄堂的日常景象——当听说三层阁斜屋顶朝天的窗户叫作老虎窗，你就真能够看见它大张开嘴巴，被吹拂的碎花红窗帘，有如一截婉转的舌头。这种老虎窗，除了像一个石库门哈欠，还像石库门的听觉和视力。它打开，整座城市以声音，不，以嗡鸣、嘶哑和喧哗的方式涌入。射出去的目光却不会纠缠——昂起的老虎窗，令举目所见只是季候：长空的颜色和高度（广度），众星的位置和光芒的弧圈，鸟儿振翅的频率，它们变化中的羽色，云、雨、霓虹和风的长指爪……有时候，树梢也参加进来，上面残留些薄雪。在石库门这类现实得只剩下实用的市井建筑里，老虎窗由于开得过高而接近了想象。正好凭着一点想象，老虎窗可以被退休的盆景迷做成袖珍的空中花园；可以被复员回上海无所事事的前通信兵，改建为豪华的鸽子公馆；可以被那个五音不全地暗恋着歌舞老师的男孩，布置成排练和表达的戏台……连接想象的不过是一间狭小的斗室：蓝格子床单，折叠椅，梳妆台，镜子，代替马桶的痰盂，再就是摊放在夜壶箱上，由于过时而愈加时髦的《战地歌声》，其中一页的页边边上，早年的一溜钢笔行草，如今隐约可见其大概——"……被透过老虎窗的星座光芒快速一阅……"

冷库冰

冰像个寻常的夏日神话。当冷冻设备还只是酷暑天里的弄堂传奇，向往之冰，就成了孩子们午间的热梦。这热梦经过几番转折，到九十年代，大概也是酷暑天午后，被已经成年的弄堂歌手演变为这样的弄堂诗行："……邻居们谈论着七十年代//哪里有电扇？更不用说/空调！——在那些夏日/井底的西瓜就代表幸福/放假的小女儿/浸在浴缸里听收音机……"要是用冰块冰镇西瓜呢？要是边吃着冰西瓜边收听半导体播送《较量》呢？那样算不算夏之极乐？——其实在盛夏，冰不是遥不可及的东西。一觉醒过来，午后的孩子们就都会去买冰——随便在肩头搭条湿毛巾，穿过晒得滚烫的人防工地，从新喜报遮覆旧标语的街角，朝几幢空置的小洋房挪过去，在躲藏进梧桐树稀疏阴荫的冷冻库门前，孩子们习惯了等待半小时，让斜阳令他们更符合被叫作大大小小的"黑皮"和"黑炭"。然后，他们每一个，都拿出一枚五分钱硬币，各自就买到了各自的冷库冰，一大块！他们用湿毛巾包裹冰块,一路飞奔着飞奔着回家(谁也不愿意竟然在路上冰就烊掉了)。抱冰回屋,在湿毛巾外面,还会赶紧为冰块再紧裹一床老棉被——三四个小时当中,藏于棉被的这块冷库冰绝对像一件临时传家宝,轻易动不得!——于是,嘿嘿,如同贬值后才想到拿出辛苦积蓄的存款来花销,等到那块冰无可挽回地一点点化开了,注定要消失,它才被不太情愿地打碎,打碎,含进星空下乘风凉人们燥热的嘴巴……

(1998)

七十二名

词

……词是飞翔的石头,黑暗噪音里闪烁的天体。它的运行带来方向,它的吸引力以及拒斥构成了距离,而它那听从内心呼唤的自转则创造时光。每个词独立、完满,却又是种子、元素、春天和马赛克,是无限宇宙里有限的命运。正当冬日白昼,正当我躺在朝南的斜坡,我的目力穿透光芒,能看到语言夜景里不同的物质:感叹如流星划过,数字的彗星呼啸,一个形容仿佛月亮,清辉洒向动之行星……名:太阳。名近于永恒,燃烧又普照,以引擎的方式提供血流和热力给语言。在名之下,有了期待、成长和老去,有了回忆、悔悟和死难,有了四季、轮回、重临和不复返,有了旧梦、新雪,有了生活和妄想拥抱虚无的生命……

海

海被我置于当前。海不是背景,而是我诗的心脏。活着的心脏优先于灵魂。我同意一个说法:"海没有阴影。"海这个字眼也不被阴影遮覆。海总是在我的上方,倾斜、透澈、明亮、静穆。我所知对海最好的比喻,是瓦莱里写下的"平静的房顶"。海一样的房顶在中国的深宅大院里时常能见到:由一爿爿精细的青瓦编成的广大缓坡,檐上有想象的动物——麒麟、人面兽和鼓眼的蟾蜍,檐下有金属铃铛,还会有象牙鸟笼。处身或回忆、梦想那些远离大海的旧建筑,我一再听到过潮音的节奏,如同沉冥中蓝色的心跳。然而,海是父性的。海匆忙繁盛,一切荣耀归其所有。海比天气更多变化,比大地有着更多物产。海是父性的。海容纳一切名,甚至太阳,太阳也升自海的天灵盖。海是父性的。被海的环状闹市区围拢,逆死亡旋转的海盆体育场里巨人们骑着剃刀鲸争先。在绝对的中心,光辉的塔楼如一枚鱼骨,使世界的咽喉充血,几乎刺穿了嘶声一片。那光辉的塔楼里一双神圣的手正打开，放送真理的白腰雨燕。对于诗，海的名声如此——不是诗的躯体包藏海之心，而是海这颗心脏涌流着诗。

湖

如同一面能剔除阴郁和浑浊的宝镜，湖映给诗篇分明的四季，星辰良夜，晴朗的日子，人鸟俱寂的降雪之晨，越来越明亮的黄昏的雨……湖提供给诗人这样的修辞：平静、安逸、澄澈、开阔、闲适、舒缓、清和、散淡……它也提供了这样的物产：菱藕、荷花、芦苇、青萍、螃蟹、鱼虾、珠蚌、鸥鹭……以及这样的景观和倒影：碧绿的山色、火红的落日、隔岸的杨柳、水中的云霓、月下孤舟、雾里亭台、正午的光芒间争航的楼船……莲女和渔夫、渡叟和钓翁、志士、隐者、琴师、高手、墨客、僧侣、看风景的和饮花酒的……这些老式人物出没于湖上，增添对往昔的怀恋之情——这就是名之湖，书面的湖，泛黄纸张之间的湖，汉字围拢的绝对的湖。它或许是我颓废的内生活，脱离开时间的静止的美，想象力朝向遗忘的坍塌。

书

我妄想过关于书的百科全书,即在一种书里包容所有既有的书、将有的书、可能的书和梦幻的书。它构成真正的彼岸世界。它来自这个世界的思想之子宫、语言之子宫、野心之子宫和恐惧之子宫。它的一半是迷乱的镜像:无限繁殖自身的虚构,歪曲地反映母亲的形象。它的另一半,是开口说话的永恒的坟场,是它母亲的最后居留地。词是秩序,词也是路径,词就是彼岸世界的完整肉体。词是,那关于书的百科全书的三位一体。奇异的是,这彼岸世界可以被无数次复制、毁坏、放大、缩小、节选、加注、精装、简装、携带、丢失、赠送、转让、抵押和遗忘。它可能在印刷术、统计学、目录编排、系统索引、电脑程序和激光数码之中诞生,但它也可能出自一个抄写员之手,出自一个要把世界的纸张全部用尽,以实践童年妄想的老诗人之手。

纸

纸的命运仿佛写印者。它来自一些琐屑的物质：桑皮、碎网、废麻和破布。但它也来自林涛和竹影，来自几种火焰、沸水和大机器，来自鸟鸣、风动、日照和结霜成花的拂晓。它也来自它自身，当它被再生，一个写印者知道，那墨迹未干的文字里，哪些是他的前辈先贤的老调被新唱。纸张递送出去，写印者经历危险的旅行。纸张保存下来，写印者循环于同一个大梦。一线月光掠过纸张，写印者醒来，在另外的时空里以空白重新书写另一生。更多的纸张会被遗失、丢弃、撕碎、焚毁。纸张太多，不值得珍惜。集体反复的众口一词或许的确是必要的浪费。纸币改变纸的命运、写印者的命运，甚至改变了世界的命运。纸币的命运是银行祭起的神之命运。为了说明这种不同寻常的非人命运，写印者在规定的特异纸张上烙下过被奉为圣明的奇怪人像。这人像显露于纸的表皮，它更深刻地隐现于纸的内部纹理，偷换纸和写印者的骨头、血液和心。

梦

太多的想象力分给它一副呼吸器官。它从疲乏中独立出来,它刚有了系统的蓝色血脉,又攫取一颗狮子的心。它却以一个人形出现在窗口,以鹰的姿态缓慢地起飞,穿透玻璃,掠过庭院里孤寂的树冠,进入另一间睡眠的卧室。它几乎点破钟敲数下时色情的幻想——以一根钢针的锐利,刺探又一个自水底上升的绯红气泡。在诗篇里,甚至在生活中,它已经不再是一次释放,它对于我肯定是一种必然,是命运之车的钢轨,是写作之河的闸门。但它更进一步,它是一种自由,一条进入我体内的生命,一个掌握时间的火车司机,一只调节嗓音的扳道岔之手,一位迫令诗歌长出了翅膀和一对鹰眼的绝对的王者。它持续到死,它贯穿每一粒滴血的字眼,它彩虹的骨架,结构每一本狂妄之书。它置换我的呼吸和心跳,它以只能被名之为梦的方式,刺杀因它而深陷睡眠的做梦的我。

火

火是人类意愿的起点,火也是人类意愿的终极。它破除人的原始禁忌:星球背向太阳的黑暗,睡梦步入恐惧的黑暗,记忆抵达遗忘的黑暗,生命化作死亡的黑暗。人的白昼由火打开,生活在它的光焰之上迅速蔓延,成为存在的伟大主题。从七千年常明的神圣的火中,人类提炼出元素中最为本质的元素——反自然的精神也终于以火的方式流动于血脉,张扬自我中心的人之命运。反自然精神照耀人类的进化和进步,文明和发明,并一再点燃人之为人的热烈的欲火。语言之欲火,狩猎之欲火,劫掠之欲火,创造之欲火,以及祭祀、求告、收获、节庆、征服、毁灭、思乡、远离、建设、玄想、宗教、艺术、竞技、智慧、算计和无限占有金钱之欲火。甚至爱情和性行为也被反自然的火光照耀,成为更深意义上的相互毁灭。从人之意愿的崇高立场,古希腊哲人论证了普罗米修斯盗火的英雄性。但是在多少年后的一个秋天,在两重大海以外的大陆上,有一个诗人却想以一种懊悔的节奏,重写这关于火的反自然故事。

水

水是这个世界的感性,其形态正如人们所见,是云雾、雨雪、湖海江河以及坚冰。水之感性甚至以无形态的形态充沛,在这个世界,在人们体内。作为原初之物,水有如诞生,生命起源于这个世界的感性之中;作为浇淋之物,水有如洗礼,万有人性和神性显露于感性洁净的表面;而作为湮没之物,水有如毁灭和再造,用感性抹煞现实并让新的感性理想般现身。水作为女人体,则几乎是火焰,是感性中完美的直觉和过敏。太阳理性调节水元素,也调节身体对水的渴意和对水的排斥。但太阳光谱却正因为水而被人们发现。在霓虹和冰凌里,理性之光由于感性而分解成七色,并且不再冷静、公平和均等。在被水过滤的阳光底下,明黄如此盛大,如女性中永恒的男性因素。

树

　　树跟书的谐音，向我提供了树作为文明进程航船之桅杆的又一个证据。如果没有树，风帆之页将怎么打开，去兜满神的吹息和推动力？在来源于树的众多书籍里，在从桦皮到木简到雕版到纸张的众多言说里，我读到进化论，它告诉我人如何从树上下来，站直了身子；我读到创世说，它告诉我人如何摘取树的苦涩果实，睁开了双眼；我读到经济史，它告诉我人如何自树取火，养育了光明；我读到圣人传，它告诉我人如何独坐于树下，彻悟了大道；我读到植物学，它告诉我树如何释放出珍贵的氧气，保证人的呼吸和生命……而在一本促使我写下这节文字的美好的书中，我读到对树这样的赞誉："我们人生的树，我们知识的树，是一棵神异的树，这样地迷人，竟使人不知道怎样来描写它。它是木材所造，它从石上生长；它是那给我们以笔的禽鸟的巢；它荫蔽那给我们以柔皮的动物。而且在它下面，一切生物的伴侣，即人类，读着书，想着思想。"（《世界文学故事》）——从树上下来，人走向书；从书中返回，人走向树。

风

　　风是空气的语言，风要说出的，是人们无视的空气之存在，正如人们运用语言，说出大地之上人们的存在。风不可索解，空气的语言灵动、变幻、轻易转向、无从捕捉、柔韧、弯曲、飘逸、迅疾而猛烈，其象征性有时并不像诗人们以为的那样。风作为语言令诗人向往，但又有哪个诗人可以拥有一整套完美的风之语言呢？惠特曼有几缕如风的诗行，李白有更多风的品质，其余的诗人只能用诗篇去歌咏清风。风推动世界旋转，给予物质抒情的可能性。风使仿佛空气般被人们无视者得以吹息。这吹息年轻而俊美，如波斯一本旧经书所言："最后，创造了外形像十五岁少年的风，它支持水、植物、牲畜、正直的人和万物。"

蓝

　　蓝近乎精神，天空和大海近乎精神。但就像天空和大海可能是一种虚无一样，蓝也是虚无，有如精神相对于肉身的虚无精神性。涂抹到我诗篇之上的蓝，却往往从名直到物质，其精神和虚无的内涵及象征，被括入括弧，或被注入一只朝圣雀鸟用鸣啭镂空的声音花瓶。在我的诗里，蓝总是缩小其范围，使天空成为梦的一角，使大海成为完满的鱼形，使忧郁——这蓝的又一个指代——成为一滴贵族之血的精液，滴入南方的爱情子宫。我相信，蓝无法把握。当它是名，而又是物质的时候，其物理（光学）的魔性，会令它在诗行里改变诗的音乐和物质性。一首诗因它变得更蓝，变得玄奥、纯粹、精确和无穷。那括弧里的象征，那从声音花瓶里长出的精神，总是在蓝以虚无笼罩诗篇时完成了诗篇。

光

作为主题,光贯穿人类生活及其历史,它更为明确地(仿佛大海体内循环的洋流)贯穿诗歌及其历史。这个名的魔力几乎就是它提示之物的全部魔力,令眼睛看见,赋予字眼、词语、诗行以轮廓线、清晰度、面积、体量和质感。它甚至使诗篇透澈发亮,成为钻石、星辰和灯盏,成为眩晕的根本原因。所以——我想说——诗歌写作近乎一个魔法师企图去展现光之魔力,它也是(越来越是)这光的魔法师对于光芒的猜测、试探、分析、把握和究尽。写作者滑翔在绝对虚无的光之表面,其规定动作和自选花式带来华彩。写作者更深入,他想象、激情和修辞的三棱镜把光芒谱成七彩和更多的颜色。他也许有名之为《光谱》的叙事诗杀青;他还可以再进一步吗?他抵达光的反面,以内视和内敛触及了光的物理极限。在那里,沉默构成黑暗之诗,通常被一位盲诗人说出。

灯

在汉语里,灯的光芒首先来自那语音。灯——当舌尖触碰上颚,弹出一个清脆之声,语言被突然点亮,词句聚于光晕圈中,阅读之眼几乎盈泪。灯成为汉语里比喻诗歌的天然之名,其寓意也像诗歌一样不言自明。灯——自明,并且把其余的也都照亮;正如诗歌自在,并且证明人的存在。在一盏灯的古典形式里,有石头体液,有植物精华,有一枚火焰,有摇曳更助长其光芒的风,有一只维护的手,有自由殉身的飞蛾和因为被吸引而改变了黑暗性质的黑暗。有时候,我们说,这就是灯盏。更多的时候,我们说,这就是如同灯盏的语言、诗,或一个通体光明的诗人。

尺

它很少以一个具体之名出现于诗行,但它却肯定出现在每一诗行、每一诗篇和所有的诗里。尺是一种灵魂规则，是写作的白金法律。尺的不可磨损，正是诗歌理想的不可磨损。尺量出诗艺的程度，跟秤一起，赋予诗篇以"重量、形状和大小"。我把抄录在一本笔记簿里的一段话抄录于此，代替尺说出尺对于每一位诗人的意义——那其实是对人类的意义——"尺象征完善。假如没有尺，技艺便成了瞎碰的玩意儿，艺术便有缺陷，科学便不能自圆其说，逻辑将变得任意和盲目，法律将变得武断专横，音乐将不协调，哲学将成为晦涩难懂的玄学，所有的学说将变得无法明白。"

箭

箭总被用作时间的比喻，箭的表现则刚好一次性度量由生到死的生命时间。箭既是命运之弓射出的生命，又是立即射穿这生命的死亡，箭也是，以一声压低的呼啸为全部内容的生命速度。箭更是死亡的速度。箭的这种三位一体，被诗人在前述的比喻中以时间二字顺带着总结了。这总结的回避性故意出偏差，企图躲过过于逼人的箭之锋芒——用箭来作时间的比喻,固然也有生命短暂的感伤意味,然而掩盖了命运以箭直取生命,直抵死亡的斩截、急疾、严酷和准确。命运之箭百发百中,不可能射失。这箭既是发箭之弓,这箭也是那箭靶本身,这箭还同时是弓与靶子之间的距离。

鱼

鱼是广泛的鲜血,它近乎溢出的无限繁殖,它同样众多的纲科种属,足够证明浩渺丰富的创造激情和想象能力。当海被认作涌现诗歌的蓝色心脏,鱼类也同时被注入了作为诗篇的生命。阳光照耀的明净的水下,更多的,在阳光之鞭抽打不及的永恒黑暗的深水之中,鱼类低翔、翻飞,疾掠中划出完美的弧线,或于凝止间突然浮出,就像它同样会突然潜入另一鱼类的幽渺城堡。那靠着虹色细胞组成的异彩,令身体如一盏盏寒冷的灯,闪烁它诗篇的丰华和收敛之美。在有关鱼类的各种传闻里,我感兴趣的,是能够清晰地读出语言、文章、音乐、理想和命运字眼的这样的传闻:一条被放生入海的鱼如何开口说话许下诺言;一条被置于刀下的鱼如何吐出帛书引发革命；一条被星空梦见的鱼如何曼声歌唱点缀爱情……要么，鱼如何抱定化龙的志向翻越巨澜；鱼如何变成遮天的大鸟飞进天池……——这样的传闻令我欲删去反复写下的同一些词语——我不知道，像"鱼的鳞片上显现出诗行"这样的句子，是否真出自我的构想。

鸟

人的愿望是一次次回溯——人向往飞翔的伟大理想，体现于更早诞生的鸟类英姿。甚至借助机械，靠着对风力的把握而实现了飞翔，鸟类也仍然是人的理想。鸟的可能性，代表一个人心灵的可能。鸟的光洁羽翼、清澈鸣啭、轻盈体态和俯冲的激情，则成为一个人语言的猎物——他一生的努力，其实就是要把一闪即逝的鸟之身形，固定在诗歌深潭的水镜之中。于是，鹰指涉王者和广大的权力，凤鸟显现圣心和仁慈，夜莺造就浪漫的歌喉，鹧鸪是失落是愁绪是怀乡病。鸟类更成为选定的使者，传递人人之间的两地消息，也传递神对于人的残暴爱欲，令历史以蛋卵的方式现世,被孵化。人对于神的意识,也总是借助于鸟类的形象——天使,带鸟翅的人形——超凡也就是人性被提升到飞鸟的高度。

蛇

在纸页间,蛇无法有效地展开身体。在我的诗里,蛇无法成为一个比喻、一个象征,甚至无法成为形象。蛇带给我恐惧、惊异、战栗、过电,真正被吸引以及迷失。它从性感灿烂的符号皮肤里一次次蜕身,令我想到聚光灯下的脱衣舞女,最终不仅要返回蓝色乳房和过敏阴蒂的蜿蜒裸体,而且要呈现为一眼洞穴,洞穴深处的黑暗和黑暗尽头突然透出的乐园之光。正是在乐园,蛇的诱惑之美得以展示,代表物质智慧、肉身抽象和违背神意的语言的胜利。而在诗艺的范围里,蛇总是可以用来说明与精神无关的有毒一面,同时也是美丽的一面。繁复、交错、缠绕、环抱、诡谲、眩移和幻化,这些与蛇有关的词,也有关因为蛇而日臻华美的沉溺的文体。现在,我毫无把握地谈论起蛇(这个名),我想到的是一位以它为属性的写作的女性。她的脸在化妆术精致的书写背后完全隐去了,她写下的每一行霓虹之诗,是刺在她背上的漂亮纹章和闪闪的鳞甲。她迷恋经籍里蛇用嘴关闭阴茎的说法,因而,很可能,她写下了与蛇有关的这些文字。

猫

此名常常从猫之躯壳里抽身离去……猫,它是一种两面象征,一枚慵懒或矫健的身形,一个理想的色情主义者,一头禁欲与惩戒之兽。它可能是传说的九命妖物,也可能是直觉的死亡大使,它既神圣又难免邪恶,既与月经相关联又常常在叫春中化身为豹子。猫在本质上是一种形容,就像它在真实世界里,并不以其名安身立命。猫之名可能只属于主人,就像其媚态、取悦性表演以及恶作剧仅属于主人。在诗人那里,猫成为状语,一则逸闻,不堪时却变作骚扰的骚客。

马

马在众多的诗篇里丧失实体。马以身影的方式闪现,留传下来的却只有节奏。不是马的节奏,而是不羁的节奏、高蹈的节奏、冲刺的节奏、收拢心力的节奏、在速度中展现广板和柔板的节奏……那个以马为名的节奏。马已经被句子的黑夜没顶,被诗人的想象力摧毁,被刺穿万物的阅读之眼忽视或删除。只有它千变万化的节奏,贯穿在诗歌史的血之航线。我严守与马有关的每一种写作规程。我谈论或歌唱马,只是想尽可能干净彻底将它镂空。而充沛其间的又会是不断来临的幻象,一个骑手的失败和失眠灵魂的剧烈运动。"必须把运动和运动的结果这两者截然分开,"奥·勃里克说,"节奏是以特殊形式表现的运动。"

鹰

十字猛禽雄鹰,诗人在两方面展开歌咏,对应它高寒中一动不动的强劲翼翅。鹰是王者,因为能直视太阳感知智慧而又是大祭司,它的权力倾向于远离月轮的一重天,它的宗教则占有略微高一点的位置。它的形象总是强悍,伴随着威武、勇毅、严厉、敏锐、迅捷、神力和洞见。它的对手是两种女性,两种想象的羽翼神灵,是权力凤凰和宗教天使——"彼可取而代之",这鸟中重瞳的项羽如是说——"张开翅膀的圣训",那凝望着它的信徒领悟了。而诗人要继续展开诗篇,要让鹰的身形更加孤高、寂然、幽独和凝重。诗人用写下的《时光经》咏叹:"因为鹰,地上的石头开裂,划过宇宙意志的闪电。"

豹

豹是这样的生命:它的出世仅仅为了对应于夜色。这种对应,不仅表现在它那不可思议的闪耀的皮毛,还表现在它的各种现身方式:隐伏的、突然跃起的、激烈的奔走或深邃的静卧。透视之下,它星宿般繁多的美妙花斑向内深陷,被系于一颗蓝色的心——孤寂、忧郁、凶险、冷酷,就像当我们有能力掀开天空的皮肤，我们将见到的夜的神灵。有多少夜，就会有多少豹。有多少种夜，就会有多少种豹。我碰到的最为典型的豹，一头在都市神话的火炬之下展开形体的雌金钱豹。它对应奢豪的金钱之夜，它高踞于宽大的幻影台阶，变化成一躯嗜血的尤物。它一定告诉了我，什么是最为恐怖的美。

虎

动物志以外，虎是西方和秋天，以白金为最高形态的纯粹的金属，虎也是夜空中稀疏的星。动物志以外，虎的每一线条纹，都经历了带给它精神之美的卓越的大手笔。动物志以外，虎更为稀有、名贵、凶猛和孤傲。当它活生生伫足于月下的地平线，以独立于人类意识的兽性摆脱了繁复的比附、象征、拟喻和美之光环，成为一头真正的"白"虎，我愿它能够再迈前一步，进入我的诗篇。

苍蝇

苍蝇为什么从来也不是马戏团角色？它如此充分地模仿人事，参与一切日常生活。苍蝇，它跟我们有相似的习性，爱好亮光，在其中盘桓。当我们用餐，它先于我们品评饭菜；当我们如厕，它先于我们发出了哼吟；当我们照镜子，它甚至攀上光洁的玻璃，更欣赏我们被视觉想象力修饰的形象；而当我们打开那歌集，我们发现，又是苍蝇，夹杂在字词之间，添加诗行的音节，补救了天才的欠缺……是否因为苍蝇的模仿几乎是侵略，即使它有着远比猴子更高的天赋，我们也不给它在孩子们面前施展的机会？并且，苍蝇，我们厌恶它，追杀它，要它死。它跟我们过分一致——聚众、嗜腥、喋喋不休，令我们怀疑——是不是我们模仿了它！

燕子

燕子是陈旧的。它有如每天发明的光照，却只不过反复到来的对逝去时日的回忆性再现。它在它自身的命运旅程里永远是燕子，而在一个改变了境遇的墨客眼前，则是早年写下的文字，是由这黯淡的字迹连缀而成的怅然的诗。燕子也可能是另一种文字，当它被书写进以无限为背景的真理之中，它也可能是被放送和播撒的确切的箴言。但作为一种智慧，燕子依然陈旧。《旧约》说，"太阳底下无新事"，晏殊说，"似曾相识燕归来"。

鹦鹉

英武的鹦鹉并没有羽色，一如它其实不解人语。当我在正午的强光下书写了十分钟，我的眼前就会有镂空黑暗的亮鹦鹉蹁跹，它梦幻的色彩常令我想到闪耀的事物。鹦鹉，一个比喻。它离开全体，丰腴的身形出现在一片虚构的海域,它也曾出现在纤细秋雨中愁煞人的街角。有人给予它奇异的象征,另有一些人分享它那可怕的热病。它被海轮装运过来,它栖止于某个老人没落的窗前。它简单的喉舌学会发出它不可能弄懂的复杂语音,它把一位亡父的复仇指令传达给一个刚刚成人的遗腹子——这些无关紧要的鹦鹉知识使得鹦鹉更只是比喻,一个近于驳斥的比喻。没有人能说出这是为什么——鹦鹉,不知道为什么要发出它那模仿人语的反复的啼鸣。

蝴蝶

没有止境的族类,不时有新品种入谱。它作为生命的必要性,不如它作为奇迹的持久。它被钉在墙上,或被夹入簿册,更为错杂繁复,它被编排进记忆和语言不可能获得的袖珍迷宫。它的精妙、细微,如同沙子般不断缩小和衍生的存在,令一个人丧失对它的占有。它跟每一首出自幽闭者之手的赞美诗一样对称,一样缜密,一样会投下网结心灵的剔透阴影,它玻璃翅膀上巴洛克风格的炫目图形令它在死后有真正的永生。蝴蝶之名恰切于梦境，说出内视之眼所见幻象的艺术本质，灵魂呈现的灿烂纹饰。对蝴蝶的痴迷是无限的爱；对蝴蝶的想象是一生的信仰；对蝴蝶的搜寻、追捕、认识、鉴别、收藏、欣赏、研究、比较和命名，是无以穷尽的隐秘的宗教。

蝙蝠

蝙蝠是真正的黄昏派诗篇，飞进了鼠类安排下日常生活之盛大庆典的广袤夜色——

> 摇摇摆摆地飞行，像没经验窃贼的良心，
> 里面的天性，在善恶之间徘徊。
> 它跟随黑暗，亦跟随光明的脚印。
> 它不是单纯的老鼠，也不是鸟儿，
> 是所谓鼠鸟……
>
> （布伦坦诺《布拉格的建立》）

但蝙蝠难免是天使，因持久的想象而进入了真实世界。蝙蝠不来自人的想象——蝙蝠必非人的天

使——蝙蝠是真正的黄昏派诗篇，抒情的老鼠塑造其名。人赋予天使以人的形象和多毛的翅膀，老鼠的想象则给了蝙蝠一脸鼠相和一副光翅膀。正是从它多毛的躯体上展开的光翅膀，和它的那张脸（尽管是鼠相，却带着多么纯洁无邪的婴儿表情），它作为鼠类天使的神圣身份被认出；它的超现实性、它的宗教感、它摆脱时间顺序循环的逆向式显现，在诗篇里，有了非人的象征意义。

蜥蜴

蜥蜴或许是贺拉斯认为只博人一笑的那类东西，有如《诗艺》所云：

> 设使画家凭幻想绘出人头接马颈，
> 东拼西凑的肢体披上五彩的羽翎，
> 随意择毫画成上半身是美人艳影，
> 下半身却是丑陋不堪的一尾鱼精；
> ⋯⋯⋯⋯⋯⋯

当然,蜥蜴的脑袋说不上是"美女的"(尽管它有美女的腰和迷惑人的手腕),并且,事实上,它根本就让你笑不出来;但它的确是贺拉斯以为只有在"病夫梦魇"式的"想入非非"里才可能出现的那种东西,"怪状奇形","驯良匹配野性",无任何统一可言。蜥蜴带给你惊恐,因为它的异质感,因为它的欺诈性,因为它在阳光下近于荒谬的游戏本能,它的确塑造出不寒而栗。在蜥蜴身上,组装着也许因丑陋而被时间淘汰的古生物部件:狼翅鱼的鳍、古鳕鱼的鳞、虾蟆龙的腿、霸王龙的尾,以及始祖鸟这悲剧男主角近距离的低飞之翼。它是进化史上依旧在衍生的童年噩梦。它窄小的头颅里,有一颗凶险的毒蛇之魂,这灵魂令它有蛇的体貌和蛇的眼神。它在光天白日下偶现,它消失的方式,大概会让空气也起一层鸡皮疙瘩;它在静态中突然变色,隐入石头;它甚至以自残炫耀它的诡谲,断开的尾巴使精明的猎者完全傻了眼。或许,蜥蜴是贺拉斯不容易欣赏的另一种美学——在诗篇中描绘比幻想更甚的冷血的大蜥蜴,是唤出并克服这世界之恶的又一种企图……

金鱼

从纯粹人造的金鱼那里,人得到启示,去塑造一位将人类改造的神的形象。金鱼被强行变为人的装饰物,正像人可能由于神的虚荣欲念,被越来越频繁地纳入便捷的机器环境里。玻璃缸里的金鱼身体如花朵灿烂,几乎已完全丧失了鱼性、动物性;它们不再有自我意识,它们只是为人类而存在。是人要它们献出以人的尺度衡量的美丽,金鱼的一生成为人生一瞬的点缀。但金鱼并不臣属于人。当金鱼属于人造虚构物,属于一种命运的时候,它可能相反地成为人的暗中统治者。在这方面,普希金的童话诗曾经给予我深刻的印象——那些句子要说的是,当人对金鱼的要求过甚,将它从一条鱼变成一件完全的法宝,金鱼就会以一件法宝的全部神性去惩戒,如同机器对人的惩戒。

精卫

当身体沦丧进海,精神要长出翅膀,要附于被重新造化的另一类身体,并且在啼鸣中忆及前世秘密的名字,一个发辫粗大、腰肢细嫩、两颗乳房还未能成形的小女儿的名字。自然豪夺去青春,意志填不平怨恨。这变形记主题隐含着失败,刻骨铭心的双重失败,生命对物质世界的失败。在精卫的飞翔里,在它所投下的正午的影子里,在它喙间被阳光照射得刺目的一粒带血的微木里,我看见我也已化入其间的另一出变形记,语言向着诗的变形记。这也一样是主题隐含着双重失败的变形记,徒劳却带来了理想和美的变形记。陶渊明说:"徒设在昔心,良辰讵可待!"但其鸣自詨的鸟儿的胸中,毕竟有一颗上古时代精纯的灵魂。

夸父

又有什么样的变形记不是跟失败有关的呢？又有什么样的失败不能归结为诗人的失败呢？从谈论过精卫的《山海经》里，我又读到了逐日的夸父，另一则英雄的变形记，另一个有关死亡与诗歌的拟喻或寓言。给我感触的是他以手杖化成的桃林——其意义并不在于那些树木，而在于那些树木带来的阴荫。当有人为躲避毒日头走进阴荫，却正好是阴荫，论证着太阳的无可躲避，论证它的永恒存在，并且是不在之在。甚至黑暗和凉意也是太阳的慷慨赐予。这就是说，应该以迂回代替直陈。太阳希望世界对它有隐喻般的爱——一个暗示远胜于对一条真理的揭露。意识到太阳光辉的璀璨是一次觉醒，而妄图追上并占有这光辉的母体则肯定是亵渎。夸父入日，是诗人式自毁，是血液中技艺注定的失败。从夸父的变形记，我看到来自他渴意深处最终的悔悟。

屈原

最初的诗篇里我写到过他,表达对一位源头诗人最初的敬意。屈原,我们汉语的第一诗人,却并不像别的语言源头的诗人,几乎上升为一个诗神。这可能是由于他太多的人间性、太多的政治性和太多的个人性。屈原是一系列姓氏、人格、本事、细节、传闻和虚构,是具体的血肉、声音、抱负、际遇、感叹和决绝。在这些之后,才是语言,才是诗篇,才是可以探知其原来的明喻和暗喻、主题和变奏、柔曼的歌唱和气绝的呻吟。屈原总是以一个身形、一种面貌和一派道德正义出现在纸上、诗行里,可以被过于轻易地触及。而他的诗艺是无从触及的,因为那是内敛在他凡人体内的幽怨之光。至于他诗艺之中的神性,却并未长成——作为种子的屈原的灵魂,并不是一枚神性的灵魂。

音乐

音乐是第一推动力,是最初的原因,却又是难以摘取的结果,是无以终极的一个终极。如果有谁把诗设想或确实当作一门宗教,他是否有可能在神学词典里找到相当于音乐的那个名?——它不会是灵魂,尽管我相信音乐是灵魂升华的理由,且最纯净的灵魂状态恰好是音乐的。它也不会是天堂,尽管天堂里必定充斥音乐的光辉,但音乐的火焰却不仅奖赏,那火焰也是惩罚之剑和洗濯之水。或许此名径直是神?而我从不肯将它动用,我对它没有概念,或不接受它所给出的概念。我想说,音乐是一个不能被比拟和替换的绝对之名,以音乐为初始和归结的诗学,甚至不应该具有宗教的意味。音乐是根本广泛的人性,它绝不如神一般空洞,它辽阔、充分、无限而又结晶为一。"音乐的实体包罗一切其他艺术的外部形式的、音乐隐含其间的无限复杂内容。"(维特根斯坦)更多的时候,音乐不能诉说,它最深奥微妙,即使它本身也无法尽显它的奥义。

回声

对回声的焦虑即影响的焦虑。我们的诗篇是否由厄科变形的那块回声岩石呢?而我们写下的某几行诗,却肯定是回声岩石发出的回声。事情通常是这样的,我们自以为发出了我们独特的声音,却并不知道早已有人(也许那也只是个回声)言说在先,并且比我们说得更好,更入木三分,更一针见血——我们不知道我们发出的是不是回声,不知道我们是不是影子、复印件,不知道我们的创造是不是一种热烈的模仿。偶尔的几次,我们觉察到我们所处的回声地位,我们倒退着,过渡,期望会有一个转变。我们安慰自己,用奥维德有关回声仙女的诗句——"她听到别人的话以后,毕竟还能重复最后几个字,把他们听到的话照样奉还。"但我们不知道我们念诵《变形记》的方式,是否也是回声式的。

歌手

跟诗人不同,他更像一件伟大的乐器。他喉舌的簧片振动口腔里报废的空气,而空气传递空气,并小心不弄乱被赋予意义的有力的波动,灌进每一张耳郭,激活干瘪的脑筋。当倾听者的脑筋终于因为他音色的煽动性得到了润滑,那脑筋会带动身心全体,在歌唱的黄昏开始舞蹈。因此,他更像一件伟大的乐器,但他事实上是一个环环相扣的联动机器首要的按钮,他导致一间酒吧、一条街巷、一片社区甚至一座城市的一夜夜狂欢。这就是我曾经想象过的歌手。他不同于诗人,他是会带来巨大能量的特殊物质,曲调和词语之电,通过他的发声学进入实在的物理世界。

戏剧

戏剧与人生的相似之处,总是被苦思的哲人和敏感的诗人作为结论或一行警句提供给我们。这样的结论和警句也常常是龙套角色唯一的台词。主角驳斥这种言论，要求对它充耳不闻。主角专注于戏剧，从一出戏到另一出戏，人生对于他并不存在——人生属于后台化妆室圆镜映现的那个人，卸妆以后的黯淡模样、吐出一两声叹息的口腔和等着盛装宵夜的胃——而这也可能是一次扮演。有了戏剧，就没有人生。观众所见的也仅只是戏剧，从一出戏到另一出戏。观众并不是有着与戏剧相似的人生经验的非戏剧人物，而是戏剧构成的一部分，扮演比那几个龙套重要得多的戏剧角色，令戏剧得以进行下去。对观众来说，人生或许仅是臀部与板凳接触的那部分，甚至，那微微发麻的几斤腿肉也属于戏剧。有了戏剧，就没有人生。这是主角说给观众的台词，抑或观众强加给主角的台词。龙套角色没有被分派到这么两句。龙套角色未能从导演处抢到更多的台词。龙套角色说戏剧和人生多么相似。

喷泉

喷泉被安排在市政厅、大剧院、美术馆、游乐场和街心花园这样一些确立城市形象的区域,在几个晴夜被充分打开,被几种光华的灯盏照耀,被远来的游客、略感不安的初次约会者、逃离父母管教的孩子、丧失了抒情能力的诗人和欢快又悲哀的足球流氓观赏或侵रे。喷泉总是被动——这符合它作为水的本性——被动地流转,升起复落下。它其实只是点缀之物,装饰之物,附加之物,依从之物,却被误认为一个中心、一种主要的景象、一根独立之柱。众多的雕塑向着它倾斜,节庆的舞会以它为支点,夏季的夜生活围绕它展开。由于它对自然水流的被动改变,几个被喻体——时间和记忆、思绪和语言也被改变了。如喷泉般循环,这就是一座城市的精神!市民们空洞的人工奇观的幸福日子需要一个电源开关,一枚按钮,一只操纵命运的手。

钟表

机器改变世界。作为最具统治意味的一种机器,钟表把无限时间变成了人的有限空间。在钟表的统治下,时间是一个循环,让人迷失在沙沙作响直到寂静的圆形迷宫里。这迷宫或即徒步城,由数不清的时间刻度之房间组成。每一个人的目的,似乎正是以一生的徒步去数清他经历的那些房间。在钟表的统治下——就像一位喜欢夸耀其虚玄语言的诗人爱说的——所有的房间是同一个房间。那不同的房间,那从迷宫通往永恒黑暗的呼啸出口,在一个人的时间终止之处,在刻度以外,钟表无以测量。时间不再是个人的时间,钟表令时间成为公共之海、人造太阳。因为钟表的统治,我们离不开钟表。我们把它放在床头,戴到腕上,藏进耳朵、心脏和下垂的胃。钟表作为空间统治,让我们如指针紧追时间。

土星

土星的魅力是引文的魅力。如同雷克思洛斯让一位仪态优雅的登山女郎说出的那样:

> 日落在那里一定更美,
> 土星之上,有光环,有几个月亮。

起决定作用的,是土星释放出征用或抄袭光芒的卫星数目。另有人却看到土星的黯淡,看到了土星对壮丽所怀的恐惧。是否因为这壮丽属于借来的辉煌、引文的夺目呢?这让它黯淡于迷失其中的自我障碍。巨型光环和过多的卫星难道不会是一种累赘吗?土星因而缓慢地迂回。而我却想要说出更其独特的土星之名,"像一盏弧光灯空照寓言"(《断简》)。那或许是土星的虚幻之名,只不过,很可能,它仍然是另一种魅力的引文。

金星

仍然作为太阳使者,金星殷勤,在黎明和黄昏两次现身。那是死亡和耀眼的复活吗?星相学家对它知道得更多一些,赋予它爱情、欢乐和吸引力,令它的光芒与女性的身体光芒相重合。那敏感的颈项、饱满的乳房和色情的屁股,以及它们带来的爱抚、刺激、震颤、痉挛和退潮之宁静。在诗篇里,金星是锐利的,以镂刻的方式使美人鱼的现身更为具体和细腻,使一匹无头骏马的奔跑有了秘密的追光。而在象征和星相学以外，引起我注意的是金星与我们地球的相异相反之处，比如自转的逆向、云中的紫浪、充满二氧化碳的大气、酷热、缺水、尘暴、无磁场……金星有回溯和反向的气质，明快机敏，取捷径抵达。金星性格热情轻信、大胆而易变。它不需要引文，它靠女性的第六感觉。

南方

南方或许是地域之名，但更应该定义为精神的向度。在中国，经由《南华经》、南宗禅以及南朝人物的新愁旧怨、哀痛芜翳和颓废激情，几乎能找出这一向度可能的来历。要是征引域外，那么，荷马曾被目作南方的诗性鼻祖。这种诗性"不断把清新的空气、繁茂的树林、清澈的溪流这样一些形象和人的情操结合起来。甚至在追忆心之欢乐的时候，也总要把免于被烈日照射的仁慈的阴影掺和进去……生动活泼的自然界所激起的情绪，超过了引起的那些感想……"（斯达尔夫人）相对于北方的清醒、理性、神圣、冷峻、刚毅、简明、粗砺和现实，南方从来多梦和感性，更亲近于人，更热烈、华美、繁复、细致，更具想象和幻想的力量。然而，南方又往往南辕北辙，或者，那朝向南方的行程终会绕至北方。将自身孕育成熟的纯粹的肉体，并非不生长同样纯粹的灵魂之高贵。南方仅仅远于北方，南方从不是北方的反面。不妨继续运用比喻——南方那寒冷而虚空的终点，在构成了行星宽阔曲面的几重大海背后，那里，与之相对的品质，终被包含于南方之极。

上海

　　上海并非不能用言辞穷尽之名，而是无法用言辞诉说之名。上海跟语言的方向悖逆，朝着感性、肉体、神经和骨髓漫无节制的癫痫症黑暗疾驰。上海在我梦中的形象，永呈漏斗状；上海也确实如一个漩涡，不仅令人眩晕，而且令每一个进入其中者最终成为漩涡本身，无限地运转，在惯性中为避免被高速抛出而努力向心，无限地沉沦。但上海毕竟是两面神的，它甚至不止于两面，它的每一面又能镜像般繁殖出多面。对它无法言说之时，它又已经以对语言的否定扩大了数倍;梦见它坍塌和深陷之时,它又似乎正山岳般耸起。在有关它的所有比喻里,与漩涡相反而合一的一个被写成了炼狱。上海:炼狱。要想通过它洗净罪孽者,又如何抹去它新近加盖于灵魂的黑色印记呢?

希腊

希腊是一种悬空。即使你脚踏在希腊的土地上,置身于雅典卫城、帕特农神庙或奥林匹亚的阴影,它也仍旧如一柄龙泉在你的上方。它的剑气贯穿一具诗歌肉体,它将挖开谁的头盖骨,让每一朵蓝火焰烧出一个全新的神?并且,希腊不仅是飞翔的锋刃,它也是亮光和白昼,晴空和牵扯住晕眩双眼的隐现的星座,以及一把青铜戒尺,量出灵魂之井的抒情深度。希腊还是这样的敌手,抢先占据了全部纯净的海域,最宏大的太阳,照在白石灰房舍上的灯芯草月华,黎明的性和劳动,冥想,戏剧,盛宴,谈话,石头水槽,青色山梁,乘风的歌喉,喷泉,云影,银杏招展的节奏和玫瑰韵律,它那张黄金面具似乎证明了它的不可战胜,后来的措辞唯有向它无尽地倾斜。希腊更是被命名为海伦的绝对女人体,当对它的爱终化为劫掠,新诗歌的阴茎在黑暗中插入,那色情伟大的身姿,要激发神奇的勇毅去冲刺,改变英雄的智力、史诗和被安排的命运,甚至令一个帝国在失败中诞生并确立。

石头

石头像一个被用得过多的有效音符,在一首长诗里频繁出现。在晚年对长诗的最后修订中,别的名词将代替石头,这正像晚近的建筑,石头已经被钢材、水泥、玻璃和马赛克取代。石头建筑不会被修复,然而石头却如此有效,即使这建筑已经破败成唯一的石头,这孤独的音符也仍然表现着诗之音乐。石头内部的灯盏被点亮,石头的秘密星图浮出,并且,大石头悲恸,石头如世界般突兀而严峻。那代替了石头的鲜血、盛宴、头颅和太空铝,最终也依然以石头为名,这正像晚近的建筑,说出的依然是石头之名。

植物

我想起阿莱桑德雷以《树》为题的诗,说那棵树的根茎是一个死者。植物既然由动物肉身生成,植物既然相对于它的种子总是更为精神性、思想性、灵异性和天堂性,在诗篇里,植物就应该是进化自运动生命的生命形态,与科学家告诉我们的正好相反。但即使在诗篇里,植物生命与动物生命也总是经历进化或变异之循环。树从死者长出,苹果令夏娃眼亮,而夏娃是亚当的肋骨,佛陀则降生于另一位夏娃(当她正手扶一棵植物)腋间,并终于在菩提树荫里觉悟。人不断变成植物,少女化为蔷薇,老人预制了棺材,当人的灵魂由动物而植物,其肉身形象却从木形或木质脱胎返回,成为小型雕塑或一个牌位,被供养于玻璃匣。在这些变异或进化之外,植物因为泥土、水和太阳而壮大,吐出氧气,令世界呼吸——诗篇正由于呼吸而产生。

村庄

象征现代的交通工具——火车或飞机总是从城市到另外的城市,省略和删除了所有的村庄。村庄反复被掠过,被抛在后面,愈益远离、缩小,几乎要隐没消失。它从一种空间、一块地方、一座村庄变成了一个时间之名,一个相对的时间不动点——当有人站在火车尾部,或从飞机上向下俯瞰,他遥见的村庄是朝向往昔的时态,不同于疾驰的此时此刻,缓慢、悠久、从容充裕和迟疑滞涩,其中的事物不容易陈旧(或无法再陈旧),其中的人物,把百年分成四季来享用——当现代的径线伸得更长,城市的弧度抛得更开,村庄有如一点圆心,以凝重平行于飞速旋转、挥霍时光的世纪轮盘。

工业

在我的诗篇里,工业是一个生硬的词、一个沉闷的意象、一头怪异的巨兽。它有着肮脏的铁锈红皮肤，它总是出现在阴郁的下午，在黄昏的细雨中溅开被风扩散的火花。它伏卧在大地黯然的那一面，用入夜的轰鸣，驱赶天空中繁星的马群。它有着销蚀自然的强权的胃、电的神经和化学的血液。它是盲目的，代替它双眼的是两个忙于计算的人物：工程师计算技术、成本、方案和产量；调度员计算流程和时间。工程师更接近机器大脑，控制激情生命的能量、节奏和深刻的欲望；调度员则总是服从于一颗心——一座把时间划分成年月日时分秒的钟。熟练工人则是广泛的附件和延伸……命运跟那两个人物雷同，直到成为工业的一部分，成为由它供血的器官。与外表的蛮横和粗砺相配，它有着它的冷酷理性：官僚体制、等级分工、只有角色没有个人的程序编排的物质宇宙。

飞机

当我把书写的笔尖比喻为航空公司的喷气式飞机，我想到的是从地面看上去飞机运行的缓慢和它在空中实际的高速度。飞机与写作的相似还在于它的难以操纵——操纵它所要求的精细、准确、恰到好处甚至玄奥。驾驭一架飞机跟驾驭一支笔，得要有一样的技艺、冒险性、自我控制能力和进入无限时空的想象力。对诗人飞行员来说，飞机即使在实际的飞行中也仍然是一个梦，正如写作永远是梦幻，超越尘俗，永远是奇迹。飞机飞行的虚构性令诗人飞行员联想到他那写作的虚构性。我设想，在一则飞行日志里他会留下这样一段话："我感到飞行只关涉时间。在飞行中，速度对于我并不存在，因为距离被无端抽去了。相对于别的交通工具，比如火车、汽车或轮船，飞机缓慢近于不动。运动必须在空间里完成，而飞机把空间缩小为零。因此，我设想，从一地到另一地的飞行是虚构的。我并未抵达，或只是在时间意义上已经抵达。比如在纸上，我已经抵达了。"

城市

城市的最高形式是天国、乌托邦、移居外星的新人类村。它们被完整地建构在经籍、论文、理性手册、繁复的数据库、公式、图录和电脑的记忆功能

（倒不如说是演绎功能）里，仿佛隐身于星辰（字迹或符号）和夜色（无边的纸张、超级硬盘）。它们的轮廓投射下来，成为地上的、现实的、物质的、时间进程的城市，有意去夸大地展示宗教领袖、理想主义者、科学狂人的语言及幻想之力所不逮、欠缺、反动……而我们，至少是我，在这二流的影子城市里，也试图以天上的规则来安排作为一个市民的俗世生活，其结果是令自己一半或全部成为镜像——这镜像并不返回到天上，这镜像代表着过去、旧时代、尘封、湮灭、死寂、绝望、传奇、神秘和无从稽考的水中倒影。当我们倒影中的鱼眼睛睁开，我们将看到海底城市，水草充斥着窄小街巷和石头广场的亚特兰蒂斯。它是想象力朝着另一个方向努力虚构的产物，有着不同于简洁精神、升华灵魂、秩序、光明和纯净的沉溺、繁复、瑰丽、怪诞、晦暗，乃至为奇异而奇异、为戏剧而戏剧的迷宫性质。

玻璃

玻璃的指向被理解力抽取，而当眼光触及，万有就会以映衬的方式赋予它完全的复杂和多义性。在简明的核心，玻璃晦涩，甚至玄奥，它带来冷静、光洁、清晰、透澈、锋利和易碎，并且汇集了悦耳却刺骨的空无品质。这种空无不带来自由，仅只是隔绝，正如伟大的音乐提供给人类的并非舞蹈，仅只是战栗。事实上，玻璃是对某种诗歌的最好比拟。它出自石头、炉火、水和工人无止境的操劳，它摒弃的事物远甚于最后留下的无色。这种浪费，仅仅为一个疯狂的决心，为了把漫无边际的空气镂刻出来，或塑造成形。

手套

它既非所指又非能指，既是参与和挑战，又表明缺席和退缩。它也许出现在现场，它可以提供的却总是不在现场的痕迹。在刮起了北风的冬之现场，在掷出雪球的嬉戏的现场，在举起了决斗之剑的现场，在与友人或论敌握别的现场，要么，在私下旋开保险箱的现场和一把匕首割开情人咽喉的现场，只有手套显形，手和意志隐而不现。要之，有时候，你会发现，仅仅是手套在运笔书写,手却正指点黄浦江渡轮边低飞的鸥鸟。阅读的侦探并非不能够推断这样的写作动机。

地图

在诗艺的地图中心,标上晕眩的塔楼,一双真理之手播撒作为词语的燕子。围绕着它,海盆的旋转是缓慢和幸福的。这想象的地图出自一个鹰眼的航海家,鸦片磨去他脑中的锈迹,单筒望远镜令他看得见命运的指环。这高蹈的地图也出自一个恋爱的梦游者,他在左岸的狮子港口,他的错误引导他奔赴伟大的奇境。异质的地图从烟囱落入诗人的炉火,铸成了一柄幻象之剑,得以刻画,每一个亮光充沛的写作瞬间的意外诗行。凭一幅秘传旁通被点化的地图,诗人得以访问另一个更加真实的世界,从那里,他带回,未必能打开每一把确切答案之锁的疑问钥匙。

皮肤

皮肤作为身体的边疆,如音乐作为精神的边疆。但反过来的比喻却不恰当。音乐不同于皮肤,因为它独立于身体和时空。皮肤只不过耳朵听见的音乐声音。皮肤为身体的需要而扩张,要么因身体的衰弱而收缩,甚至为哀叹身体的老死而皱起、翻卷、垂落、裂开,仿佛作为另一层皮肤的人的衣装,掩饰不了地说出了拥有着它的那个身体。语速皮肤也总是能透映一个诗人的思维、节奏、体质……语速既是皮肤,又往往是延伸皮肤的化妆和服饰。语速总是相对于诗歌身体而存在。语速,被出声念诵的诗歌身体之皮肤,在抵抗冷空气、与之摩擦和亲近之时,保证一首诗的领土统一和完整。

翅膀

翅膀是一种高飞的力量。这种力量仅仅存在于翅膀本身，与拥有翅膀的身体无关——出于这样的信念，神话人物总是能插翅上天，回家则把翅膀卸下，放在一个特制的架子上。在诗篇里，翅膀之名也有如翅膀，可以插入语言，使之高飞。而当翅膀被用过一次或多次，诗人就把它从语言身体上卸下，放入一本袖珍词典里。翅膀的力量来自这力量的上升本能而不是愿望。翅膀的高飞之力，如勃举的阴茎不受控制，脱离头脑的指挥，甚至脱离开翅膀。高飞的力量才是令翅膀成形的原因，翅膀只是高飞的力量的形式之一种。所以，诗人，他发明令语言高飞的力量，而不仅仅发明翅膀，正像鸟儿发明了飞翔，翅膀于它们仅仅是所谓的翅膀之名。

季节

从一个季节到另一个季节，一个人经历死亡与复活。对生死死生的认识、体验和吟唱，也许首先来源于被身体创造的季节和季节。几乎因为身体里四条生命的循环轮回，四季才形成，变得分明。诗人出于歌咏自身活力的需要，写下季节，四季，四种想象的动物和四个假面神祇,以及四种器官、元素。季节被理解为不同的方向和事物。从一个季节到另一个季节,即一次转向,一次以旧换新的努力;从一个季节到另一个季节,即身体里一条生命向另一条生命的过渡。季节的差异带来生命和诗篇的戏剧性,这戏剧性内部的回旋细节、回旋悲欢和回旋世界观,是只经历单一季节或与昼夜相应的黑白两季的身体所欠缺,并终于要遗憾的。

黄金

赋予黄金的象征意义遮蔽了黄金固有的光泽。而那象征,又令黄金的光彩更夺目。人生在世,人为之而亡的最高目标几乎已全部归结为黄金——如果就象征的层面而言。每一种人,甚至每一个人,都动用黄金作为他确认的生命意义之名:最可宝贵者就该名之以黄金。黄金的这种广泛性,来自它的罕有和难得。它只是被最为有力、坚硬、冷酷无情者真正拥有和垄断。比如石头,比如权力,比如银行,比如永恒。它藏于黑暗,它深隐、稀薄、细小、微量,跟它众多的寓意、用途、价值，跟围绕它所产生的政治、计谋、经济、战争、哲思、医道、艺术、体育、道德、行业、数学和诸如此类比例失调。在同样众多的获取黄金的方法、策略、手段及理论中，我认为，逆向式的，我称之为"以梦猎金"的法术是真正独特、真正得到了黄金本身的。说它是逆向式的，因为它是从象征意义，从黄金的无限众多的代名入手去探求其本质——炼金术的途径是：经由人类灵魂的死亡、复活和完善，来点铁成金。

天空

天空永远令人产生飞升的愿望。如果对它探测、凝望，你会发现天空本身即一件飞升之物，不断把我们抛入更为深远的大地。在对天空的冥想、赞叹和向往里，我们似乎下降得更快，以至于突然接近、触及，甚或跌进了相反的另一片天空——白昼落向黑夜或群星隐没于日光——大概正是天空这种在弃绝里承接我们的性质，要令人重新考虑所谓通天塔的营造方式：不是向上攀升，而是向下伸展；不是外在于身体，而是内陷于心灵。

发辫

"精卫的发辫"，我写道，并设想从一个少女到一只鸟儿的退化缘于她那性感的发辫。有时候，发辫缠绕脖子、细腰、起性的阴茎，并没有用来装饰通常会被比喻为月亮的忧愁面容。在更多的时候，我写下的发辫远离头脑——精神和灵魂不需要发辫。所以，鸟儿精卫长出翅膀，那发辫只是以纯物质的名义如发辫面包被盛在盘子里，看上去像一个扭曲的等号或一个破折号——它成为一件真正的遗物，腐烂成泥（第二次死亡）的肉身和凌空飞去的魂魄之遗物。在梳理它的时候，我是否会遇到一些思绪（以远古语言的方式结晶）的残渣？要么，在重新编结它的时候，它是否被短暂地注入过生命？然而，在诗篇里，我仿佛只顺便写到了它……

黎明

作为意指开启之名,黎明呈现为一只被指甲划破的柑橘,一座大教堂窄小的门厅,一盏正在被拧亮的灯和一个少女的月经初潮。它也是光谱的第一个颜色,是一声啼哭,产房里传出了释然的叹喟。但在周而复始的钟表盘面上,并没有属于黎明的刻度。黎明,它的来源深藏在钟表的秘密心脏,在第一个齿轮和第二个齿轮的衔接处诞生。当一个诗人企图用诗句刻下黎明的印痕,其微微发亮的语言也一样出生在笔尖和纸张之间。并且,黎明一点点从字迹扩散,越来越耀眼,终于发展成笔尖不曾涉及的,纸的广阔白昼。

房子

在一则随笔里,我曾说房子是一个诗人的制作之诗。在一次宴饮间,我听到有人把房子定义为不断受到伤害的艺术。在一首诗的结尾,房子作为远景,隐伏于韵律体操的汉字队列间，它只是偶尔被看到，阅读之眼难以把握其全貌。于是，在一个梦里，我透过一扇窄小的天窗看见我自己，坐在一间陌生房子的老藤椅里，侧对一张倾斜的半圆桌。我，或某个人，总是既在房子内部又飞翔于其上，因视点不同而把它看成不同之物。房子，它既是构想之作，又是先于想象的实存；它既是风景，又是观看风景的依据；它既是记忆，又是无关记忆的一个地址，是纯粹的形式空壳或无法条理化的思想。我想说，对于人，房子几乎是全部（人的）世界。房子是人的生存语言，房子又是抵抗和亲近宇宙的语言，房子甚至是揭示生存和宇宙结构的语言，是人和宇宙相互戏仿的语言和现实。

香樟

在提及树这一集体之名，在它被写下、被阅读的时候，翻打到脑之屏幕上的幻灯片，又映现一棵怎样的树？对我来说，最为典型的树、最具代表性的树、最完满和最像树的树，是香樟。并且，至少在字面的意义上，香樟似乎能超越树性，具有一颗纯洁的樟脑。香樟的半球形树冠升起，那密集、繁多、精美悦目的卵形叶片相互模仿和繁殖，带给它作为一棵树的形式感，以及作为一棵树的无限细节。香樟的躯干也是完全的树，树皮及鳞片在实际和比喻的意义上，也都会被解释为一棵树的完全。它的气味——香樟的气味！表明这是树中之树。这气味难以表述，也许可以说，这气味有如掠过美人表情的笑意。于是，在我的诗篇里，树总是以香樟的形象出现。而香樟，这选定的树，则可能是被注入肉身（或从肉身长出）的灵魂形状。

河流

河流的意义在于其形态，孔子将它概括为"逝"。也许，孔子不是第一个论及河流之逝的人，但孔子在面对逝这一形态时，首先听到了汩汩水声中时间的喘息——河流的时间必然性；河流的时间现实主义——这样，当有人说不能两次涉足同一条河流，他谈的其实是时间问题；而当有人把时间与自由意志相联系，他要刻画的也许是河神的风貌和灵魂。我猜想，一切关于时间的理论,都来自人在河上的经历;未曾亲近过河流的人,不会对时间有充分的理解。因为河流的溢出,有了泛滥的时间观,对万古洪荒的概念;因为河流的急泻,有了迅疾的时间观,对光阴不再的感叹;因为河流的曲折,尤其是漩涡的眩晕,有了盘绕的时间观,对循环反复的迷惑;因为河流的平坦,它的开阔和静谧,有了缓慢的时间观,对千年一日的把握;因为河流的枯涸,在某个季节的消隐,有了空无的时间观,对时间的质疑和否决;又因为河流的奔腾不息,涌流不止,有了永恒的时间观,对无限的想象能力。而真正的时间在生命内部,我们身体里血液的河流,正是内在时间的证据。

钢琴

钢琴从深处昂起头颅,激越中喷射喧哗的银杏。它身体内部,一扇闸门关闭,逼排出多大的洪水,而一支乐队已连同黑暗被消化和吸收。每当我写下钢琴,我就想到这比拟:它在音乐里就像巨鲸在海的光芒里——它是那悦耳却令鱼类真正胆寒的伟大海盗,每一首协奏曲都会成为它吞食乐队的辉煌罪证。钢琴也可以是鸟中大鹏,垂天之翼超出了鸣声婉转一族的想象。而当它如同利刃,"割开春天的禁令"(《月亮》),或当它传达出一颗灵魂的全部豪情,钢琴又会是人中龙凤,以烈火为肺腑的英雄。在十根纤指之下,钢琴,它也会是一种狐媚,一个梦想中变化的美人。

太阳

正眼凝视太阳的瞎了眼,热爱太阳而进入其中者全部都成灰。有如一座被律令填满的绝对的禁宫,它放射普照帝国的统治之光,慈祥、温润、亲和、宽爱,牵引万有再也离不开它的吐哺,但又以权威和烈焰严拒每一寸向心力的逾闲荡检。它规矩繁复的真空大内里,无形的剑气必赐带阴影的事物以死。它的以惩罚之名倾盆洒向黄道赤道的滚烫的鞭子,也总是带着皇帝的震怒和神的圣洁。于是,我看到,正眼凝视太阳的瞎了眼,因热爱进入其中者全部都成灰……有一颗皮开肉绽的年轻灵魂被太阳剃度——太阳先是他盲目的宗教,最终要成为他诗艺的火刑台。他选用一座漆黑的迷宫作为他所修的单纯的太阳经，他似乎懂得，对太阳的牺牲也总是需要太多的技艺，需要对意料之外的晦暗那一面尽情地发挥。而我却不是太阳的教徒——我的诗篇享用过太阳，我要的是太阳铿锵节奏的神奇的光泽，以及它的几种品质，比如火焰，比如激情，比如雄辩和黄金之爱。我更愿意以似是而非的远离来表现对它的赞美。但是，我也更倾心于想要以太阳的大祭司身份说话的那个人，唯有他毅然冒犯，走上了一条似乎能贯通太阳的死路。

独角兽

对于独角兽所有的理解，如同对于它所有的想象，全都集中于奇异的触角。这触角并非从头颅长出，这触角直接自良心里挺立。独角兽的触角，是探向神界的人类之触角。独角兽出，而至仁者出。这才是它与高洁灵魂的因果关系。人类以独角兽要求大德，那大德才降生为一个圣人。事情正好与几种典籍中所说的相反。或许，独角兽也就是人之大德。它隐而不显，深藏进每一具肉体凡胎。它自胸腔向上升起,却难得突破骨头和皮肤。孔子几乎要长出触角,基督则可能是唯一在大地上现形的独角兽。

食蚁兽

很难预料它会在怎样的背景下现身。它的造型超出了这个世界的想象,它那进化中犯规的肉体,应该能证明自然精神创造的非理性。食蚁兽,它是一具实现的幻想,对于昆虫,则成为悲观绝望的理论根据,而在任何一行诗里,它都像无法安插进去的黑暗之名。它可能会经过诗之门楣,它可能曾经留在诗的冷月下,它可能把它那与嘴无关的奇异吻部伸进又一眼押韵的蚁穴。但它根本只是在诗行之外。在预料不到的时刻,它来了,把它那诡异的身影投射到我的字词之上……

时限鸟

它或许是了然命运结构、深得时光本意的鸟儿。

我是在一本笔记、一部小说、一种百科全书,还是在一个花鸟市场上见到过它,记住了它的名字的呢?我把它镶嵌在我的几首和更多诗篇里,渐渐觉得,它脱离鸟儿的飞行和鸣啭,变成了一个仅能被瞥见的时光背景,一个被洗褪的命相定律之名。它本身已经匿而不见,作为一个物种,它也在鸟类学卷宗、飞行辞典和各类语言手册里消失。当有人指向此名,打听时限鸟的时候,我无法描绘它作为鸟儿的羽毛、嗓音、姿态和习性,我没有从书籍的哪一页或博物馆的哪个厅室里,找到相关的图像、标本和骨骼。时限鸟变成了遗忘和遗失之鸟,它如一块黑板擦飞翔在头盖骨弧形的脑之穹窿,抹去命运和时光的粉笔字迹。而这种抹去即时光和命运,时光中的命运。

失眠症

失眠症被涂以暗蓝或银灰。我对它没有切身体会,然而我将它写进了诗篇。它说出的忧郁愁苦笼统抽象,其背景或氛围是海畔连夜不绝的波澜,林中落叶接触地面最细微的叹息,排着队的车灯照射每间卧室的天花板，令影子窗框反复呈现扇形，移动着轮回。然而，有一天，一个沙之书般异乎寻常的女子——她的出生日要早于博尔赫斯发明这个喻体十五年——把真正的失眠和由无数失眠之夜构成的失眠症带给了我。在一些夜晚——在无辜的宿疾——在那个名下，我企图回想还是忘却她打开一次就不复再现、无从检索重阅的最为华丽、明媚、凄美、痛楚和羞愧的那一页（花体字母围绕一幅性交装饰画）？她神秘地从浅褐到达了深红，并向着玫瑰和橙黄矫健一跃。她的晴朗，她灵魂出游的闪电一现！我捕获还是放弃的，仅只是银灰和暗蓝？如同失眠症失忆的病源和作为其终极的无梦之梦。

海伦

跟君特·格拉斯《鲽鱼》中某个表达相仿，当我想谈论诗和命运，我能够想到的也往往是床笫和厨艺。鲽鱼见过长着三只乳房的女人，而我幻对的，是三位女性。三位女性在不同的床上，规定着诗歌的来龙去脉，令词语烹调出伟大精神的丰盛菜肴。第一位女性是美丽性感轻浮的海伦。她从墨涅拉俄斯的婚床到帕里斯的婚床,创造了远不止一个城邦及其英雄的命运近景和更广阔的远景。她在床上的非凡活力硕果累累,令荷马盲目地一展歌喉,令索福克勒斯、欧里庇得斯得以确立,令歌德到老也难对她忘情……最后那位,在他的旷世巨著里,曾专门称颂过海伦之名——

> 这些言语虽然与众不同,
> 但也有着唯一的指向:你!

我是否可以把从床笫到床笫的海伦视为创造力之母?是她的肉体孕育生养了诗人和诗,她如同破空而出的开篇的灵感。通常做着仲夏夜之梦的诗人,会忍不住要在《仲夏夜之梦》里这样感叹——

> 情人……
> 能够从埃及人的黑脸上看见海伦的至美娇容。

山鲁佐德

山鲁佐德是第二位女性,过程中的诗篇和诗人,《天方夜谭》实际的作者,有着智慧、技艺、牺牲精神和床上功夫。她胸怀一颗拯救之心,她在山鲁亚尔那断头台似的血腥龙床上改变命运:苏丹的命运,她自己的命运,一种性别的命运和一个国家的命运。她改变那因杀戮之心而到了头的命运。转折点是环环相扣的故事诗篇。她的魅力主要来自知识、措辞、悬念和决心,她不仅用语言所做的一千零一夜的持续努力恢复了时间和人的生活。我认为她正是床上的诗人——带给倾听者以启示,并使之终于觉悟的,除了她非凡的诗艺,她的关怀和劝诫,难道就没有她一夜夜献出的极乐身体?

俾特丽采

她的宁静、超凡和圣洁出自但丁·阿利吉耶里的一场大梦。跟另外两位女性不同,她是跳出了肉身的绝对精神,一颗裸露的光辉灵魂。不过,我相信,像《神曲》这样伟大的梦幻之诗,必须有一张结实的眠床。因此,俾特丽采,这诗的结晶,她事实上也是一件床上之物,诗人在床上的梦中之物。她是我所谓的第三位女性,归结诗和命运的终极女性。诗和命运到她那儿即告观止。由于她神性的贞高绝俗,她不具有繁殖能力,她也将不再允许语言会因她而给出低廉的快感。到她那里,诗人的命运以及诗篇也到达了巅顶,全部完成。然而又有谁能够真正全部完成呢?《炼狱篇》说:

> 规定好的所有篇幅已经写满
> 艺术的嚼铁扣住我不许再事奔放

(1989—1996)

旅程

……走过差不多一半路途,孙行者遇到了下一个妖怪;但丁·阿利吉耶里,他睡意沉沉并且迷失,碰上了黑森林里的豹子、狮子和母狼。这两个男主角来历迥异,在不一样的时辰,要面对的境况也大相径庭。可是同一个意识随同一缕夕阳被他们获得,确切无疑,并没有谁不是命中的旅人。他们的导师则几乎打一开始就已经看透:须菩提要行者悟空,维吉尔领但丁经历地狱和炼狱……当他们被告知得"修成正果"或"必须走另一条道路",当一个要弄金箍棒去取经见真如,一个终归要上登乐园又飞升进天堂,在朝向确定未来的艰辛行程里,他们的方式也如此一致仿佛回忆。因为,实际上,回忆正好是一种幻想——尤其他们的回忆式行程,是进展在写作者笔下的必然和即兴。这使得阅读者处境安然,在每一种艰巨、险恶和灾难到来时都不太惊恐,都不太忧虑,都能够猜中——会有一个唤醒噩梦的黎明般转机骤现于词语和诗行，令节律音韵的暴风雨收敛，再现一道媚眼的霓虹……——在还没有抵达终点以前，过程可离不开那个将它实践的旅人，就像翻山越岭蜿蜒修到久旱之地的那条空渠，必须有水流充沛其中。尽管，写作者并不让阅读者平静；尽管阅读者并不平静；他品味字眼直到章节和所有传奇、史诗、大梦的舌头，会卷起心海移情的波澜——摔碎在幸好之岸上的，是已经用认同又塑造过一遍的水晶企图或翡翠枉然——"飕"地被吸进银角大王紫金葫芦的那个"者行孙"，或因"身体竟然/不让太阳的光线通过"而令几个阴魂"变吟咏为一声粗长的'哦'"的那个大诗人，几乎已经是阅读者本人；但只要羊皮纸的、布面线装的、也许手抄在练习本上的书卷合拢，那阅读者只需，甚至没必要摇身一变，他就又只是他自我途程之上的旅人。同样确切无疑地——在夏日午后的竹凉榻上，在社区图书馆空落落的阅览室里，在一艘渡江铁船的前甲板或一列西行慢车肮脏的硬座间，在边城小旅馆的奇异落寞和忧愁寂静里，在冬夜公共厨房的长明灯下——阅读者意欲拐向命定隧道的某条幽径，去掀开一扇透进光亮的暗门，进而想要"一直登到从圆孔里辨出了/天上累累地负载着的美丽事物",去进入另外更诗意的命运,也无非充实他自己一贯的、结局前定的宿命沟渠。而这种用阅读——回忆即幻想——他人命运来充实自我命运的方式,对更为确切地,以一具肉身去经历的生命,不算是一种无谓的虚度吗?不正是一种所谓的虚幻吗?可是,如果你相信——大概正因为阅读而相信——肉身的用处即为虚度呢?或者,你认定,什么样的经历对于生命都只是虚幻呢?那么,这足以解答猴头为什么不待在水帘洞快活,不占住花果山为王,却要远渡重洋到西牛贺洲参访仙道,要打上南天门去当弼马温,去护着唐僧直到西天?这足以解答那个被放逐者为什么一心回到佛罗伦萨,念念不忘已经死去的别人的老婆,而又在一场持续的梦中看见且几乎触及了最后的幻象?旅人无法不成为阅读者,而阅读者历险于某位写作者设定的语言,正由于命中对虚度的必需,和企图选对一种最能够充实命运的、所谓有意义的虚度方式。孙猴和但丁的理由也如此吗?——写作者难道不也是旅人,不也是阅读者?在乐观的时候,写作者以为他略为主动,也更加有意义,因为他虚度和充实的,是自己为自己架设的别样的命运之渠；而在悲观的时候，写作者想到，他也只不过在语言设定的写作中宿命，他充实和虚度的，是同一缕夕阳告诉过别人的一样的途程……

(1993)

翅影拂掠

——答敬文东/2022 年

敬文东：东东好。也许可以这样来说,您是我的前辈。这和年龄差距没有太大关系。让我们在俗气但很管用的层面,使用"第三代诗人"这个概念。您是"第三代诗人"中的代表诗人,在您开始写作和成名时,我还读中学,在诗歌辈分上,我晚您整整一辈。您是至今吸引我的前辈诗人。我想问您一个很幼稚的问题:您为什么写诗?或者说,您想从诗歌写作中获得什么?

陈东东：文东好。我跟我弟差六岁,你小他一岁(跟你一样,他也曾在华东师范大学读书),所以说我们属同辈;要是照崔健的那个说法就更是……不过,诗人们被很仔细,也很粗鲁地做了划分——诗评家和教授花了不少力气——从代际辈分到派别风格等等。所谓"第三代诗人",当初则是由这个名下的诗人们自己命名的。我1981年开始写诗，正读大学一年级，我的出发点跟1982年在西南师范学院桃园打出"第三代"旗号的那些大学生诗人几乎是一样的，这是我没有不同意被归入"第三代诗人"的原因。我又觉得这个名头于我不适，那是因为关于"第三代诗人"，后来有许多讲究，有些显然应该把我排除在外了……

说到出发点，就跟"为什么写诗"相关。写诗四十年，我被问和自问这个问题很多回，每一回都觉得它是诗人没办法绕开的，必须认真面对的问题。然而忆想起来，我最初冲动着写起诗来，仿佛并没有想过"为什么写诗"这样的问题，而是"下意识"去写，写下去。我讲到过（或许在哪里读到过）每个人都至少会有两次语言觉醒：牙牙学语是一次，青春期（身体发育、性萌动、最初的爱情和思想成形）又会有一次——亲近于诗或干脆诌起诗来……每个人的天才里都内置着语言才能，既然人（这个品种）由语言塑造、说出，语言是人之为人最要命的根本，作为语言最原始和最高级形态的诗歌，也正属于人的一大本能。诗（亦指谓那种特别的情感和思维状态）是人性所属，甚至人之初，性本诗，于是每个人都可能成长为一位诗人——往往还没有去想"为什么写诗"的时候，诗就已经发生，被写下，我最开始的情况大概就是这样。"为什么写诗"的种种说法是后来的事。

后来我认同"诗就是生活"这样的定义。而"生活"，意指为了生存发展的各项人类活动，我想，尤其是去谋取幸福的努力。而这也正是人性，是人这种生命活在人间世界的本能。我写诗，我觉得，首先就出于这样的人之本能，就算来不及问起和回答，诗的出发点已经朝着一个必然的方向，设定好了"为什么写诗"。总的来说，诗是一件做人的事情，不写诗就无以为（更高尚的）人——在这里，"写诗"的方式当然不止于以文字书写——我听到过几个诗人（比如，阿多尼斯）颇显消极地回答"为什么写诗"：因为做不了别的事情……然而这实在异常积极，写诗不是别的事情，是最紧要的事情，是以语言说出、塑造你开拓生活、开发幸福的独特言语，从而更新、进化语言，更新、进化由语言说出、塑造的人……

除了概而言之，作为一个八十年代出道的现代汉语诗人，作为一个"第三代诗人"，我的出发点还会有许多具体特定的情况。在一个场合我说过一段话，不妨录引在此，作为回答的一部分：

八十年代初，我开始写诗的时候，我们的语言、思想和现实，正处在长时期毒化造成的恶劣后果中。写诗即投身诗人的自救，诗歌的自救；写诗，我认为，也是以诗人的自救和诗歌的自救，去"救救孩子……"很大程度上，毒化的意志经由语言的钳制、阉割，戕害思想和现实；诗人这种健全语言的守护者、自由语言的倡导者，诗歌这种秉承语言的方式、传诵语言的方式、更新语言的方式和创造语言的方式，则能够抵御进而消除这毒化。相对于企图用诗章干涉时宜、以诗行介入世务的诗人，有些时候，我大概更关注写下我诗歌的这种语言，更关心如何开掘、拓展、升逾和飞翔语言于诗歌的境界；我相信，诗歌对语言的干涉和介入，并不会无效于思想和现实。语言自有其思想和现实的方面，对语言的关注和关心，不会不来自这样的方面。对我来说，仅去追寻所谓人与世界的唯一真相并不足够，诗歌的魅力，在于无限虚构称之为幻象的真相的能力；诗歌之棱镜折射透析播撒开来了更为崇高、深切、广大的语言、思想和现实……

敬文东：您早期的诗似乎很有些超现实主义的色彩，您在1985年的一首诗中就这样写道："沙制的瞳仁有季节的眼眶/骑手之眼，马之眼，我追随之眼和/原野或风或记忆之眼/我想要溶化沉静的景象，我想要进入的/是颠覆自由的自由的梦境/远离高墙和阴影之墙"。另一首中则有这样的片段："正好是这样一夜，海神的马尾/拂掠，一支三叉戟不慎遗失/他们能听到/屋顶上一片汽笛翻滚/肉体要更深地埋进对方"。这和您居住的上海，这座绝对现实主义的城市，很不合拍。您能事后追忆一下其中的原因吗？

陈东东：我想，我跟我出生和成长于其中的这座叫上海的都市往往处于一种反对的关系（当然跟它又会有别的多样性关系），从小到大，到二十出头，到我开始写诗的那几年，说不定直到现在都还耿耿于这样的关系。我从未细究何以如此，大概，除了一般而言的叛逆和厌烦，更多关乎六七十年代（恰是我出生和成长的岁月）。那时候的上海，左派革命化，小市民化，来不及荡涤干净的洋化、洋泾浜化、洋盘化，等等等等，极其乏味，乏善可陈，充斥着你说的"绝对现实主义"，它的特征里有着触目惊心的无情和势利……这真是格格不入我理想和想象的所谓诗性、诗化和诗歌。

除了读小学时出于迫不得已的家庭原因（更是时代原因）去安徽蚌埠姑妈家几个月（留下灰冷荒惑的印象），我就没怎么离开过上海。第一次外出旅游，已经二十出头——大学一年级暑假跟一帮同学去黄山玩，成了我写起诗来的几个触发点之一。可以说，那个"绝对现实主义"的上海，一向就是我全部的现实，绝对的现实。植入我身心的母语，我每天的口语则是上海话，也"绝对现实主义"地包围着我，然而却不让我知道怎么书写它，将它写成诗。

要是来一点简陋的心理分析，那么我当初写诗，会是由自己跟上海的反对关系引起的一个反应——我得要"超"现实以自救……诗歌，以及与这个词密接和次密接，时空伴随的一切，仿佛都是"上海"的"超现实"（后来被我辨识、认知、体会到的许多"另外的上海"，也属于这样的"超现实"吧）。所以，我最开始的写作其实含着一个"尽量去无关（疏离）上海"的主题，那是一种逸遁出来，投奔"超现实"之诗的姿态，用背弃我上海话口语的语言做修辞。你引我1985年的几行诗，来自组诗《眼眶里的沙瞳仁》，它有个副题"拟少年行"，演义某少年跟随骑手逃离城市去到大草原及大海的虚构故事，在某个层面上，正可以是我的心理故事。大概，我受到超现实主义艺术和诗歌影响，染上超现实主义色彩，也可以从我跟上海的反对关系找到些缘由。

你后面引的另几句来自我 1992 年的《海神的一夜》，那是我以上海（这座港口城市）为背景写的诗。不妨也简陋地说一句：某种"超现实主义"被引入了"绝对现实主义"。我跟上海的关系已不同于从前，虽说反对仍然显眼，却变得不再单一，浑深复杂了太多。这当然由诸般因素造成，笼统可以说是时间造成的——你经验体验阅历阅读了那么多，还有你的写作，也积累起来，既成为你自身，也成为你处身的现实一部分。你仿佛不再以你，而以你的写作来处理你跟上海的关系。那称之为魔都的上海，同样也在不停变幻中。这大概说的是超现实与现实的关系了——对超现实主义精神最有感觉的时期，我赞扬过，诗歌是一种矫激于现实的超现实力量，它将被崭新地引入，以改变人所不能接受的狞丑陈腐的现实。现在，我依然赞扬我的赞扬。对我的诗歌写作，"绝对现实主义"的那个上海造成过许多阻碍，却也造成种种反作用力（或干脆就是作用力），促我去造成我可能性的诗歌。

敬文东：您在诗中，多次用到了"语言"这个词。比如："点灯。当我用手去阻挡北风/当我站到了峡谷之间/我想他们会向我围拢/会来看我灯一样的语言"。再比如："黑暗里会有人把句子点燃/黑暗并且在大雨之下/会有人去点燃/只言片语，会有人喃喃/低声用诗章安度残年"。您有一首早期的诗，干脆命名为《语言》。很多年后的 2014 年，您依然写道："它仍是一个奇异的词/竭力置身于更薄的词典/指向它那不变的所指"。我有一个很强烈的印象，您是当代中国诗人中很少有的那种反思语言的诗人。新诗以现代汉语为媒介；和古人使用的书面白话文相比，现代汉语早已高度科学化、技术化了。请问：您觉得现代汉语能在何种情况下、在何种层面上，应对晦涩、复杂难缠的现代经验？作为一个敏感于语言的诗人，您觉得现代汉语的表达能力是否还有提升的空间？

陈东东：虽然说世事万物都是诗人的材料，但要是用于诗，它们就唯有呈现为语言。诗人对世事万物的敏感，也都会是对语言的敏感，呈现为敏感于语言的诗。这敏感肯定少不了反思语言。在我刚开始写诗的时候，对我之所处所用的语言——那般语言环境，那个语言现实，那种语言性质——首先便多反感，由来已久的反感……这正是我们这一代诗人的一大反应。我想这样的反应里已经有反思,直到现在,我当初的反感说不定仍然参与着对语言的反思。

现代汉语的产生、确立、拓展坐大,成为当代中国人感受、认识、思量和说出世事万物的无可替代的唯一语言,走的是一条为发明新知觉、新意识、新理解、新观念、新话语("现代性""现代化"之类)而去发明新思维、新表达系统的路径,它借用了古汉语(包括你提到的"古人使用的书面白话文")、方言口语和外来语的许多因素,形成唯其所是的现代汉语,显然不那么自然而然……回顾一下不难发现,对这种语言的倡导和实践,从一开始就有一股对抗、争斗、横加和排他的力量,颇多激进乃至专断,它在一百多年历史进程中的一次次严重扭曲和毒化,都是这激进乃至专断的直接后果。很大程度上,比如你指出的"现代汉语早已高度科学化、技术化了"——"科学(的)"简直成了现代汉语里那个最高级别的词——不免来自一种战略国策和国家机器的强制性(要知道,从北洋、民国到中华人民共和国政府,都是设有"国语统一会"或"国家语言文字工作委员会"这种发布执行规范化、标准化语言文字的政策法令机构的)。大概，现代汉语这样的来历，这样的走势，造成的结构现状就值得反思，尤其，诗人们曾为之蓝缕筚路，开山叠桥，变本加厉，诗人们仿佛一再受用而又受制于这种语言……

我并不反对现代汉语出生和出身的那个大方向，但是它指引的思维朝向，设定的话语倾向，值得玩味。你说的那些"晦涩、复杂难缠的现代经验"，真的可以依靠"现代汉语"表达能力的提升而不再那么难言？还是，去破除、突围、敞开，抛却加诸其上的历史使命和规定管束（那已近变态的简化和删刈真是令我何止于反感……)，去野蛮生长更自由自在，更循性挖心的"当代汉语"？

敬文东：从广义上说，上海是江南的一部分。您在诗中也反复提到南方：南方的植物、南方的雨水等等。在漫长的中国古典诗歌史上，南方诗（诗人）和北方诗（诗人）差异很大。您是否认为新诗写作也分南北？您的诗中是否真的存在一种江南语调（或曰口吻)？

陈东东：就地理天气而言，上海肯定属于江南；就政治经济文化的历史进程而言，有一种说法是"从江南之上海到上海之江南"。两方面我都有很多感受感想。不过,我一向更愿意甚至只愿意做一个不仅处于反对关系的上海诗人(在大伙儿都去做国际诗人的时候)。这当然仍然包含我对南方经验的强调,却也示意我的南方经验很大程度上是复合羼杂着的其中的一种成分,很可能不是主要的成分。而南方,尤其江南,实在又过于鲜明,很难混淆,并且我也往往特意要凸显它们。至于那种江南语调、口吻,会被掩盖在你无法不去应用的以北为上(尚)的普通话底下;但吴语及上海话的生命活力毕竟是强劲的,它们也一定无法不从我诗歌的语调、口吻里渗透出来。

那么,我的确认为新诗写作也延续了存在于中国古典诗歌史的南方诗(诗人)和北方诗(诗人)差异,的确有所谓新诗写作的"南方"(未必重合于地理天气之南方)路数。细论起来,肯定就得要许多专著了。另外,我想,就像每个人的生理和心理都有着雌雄两种性质,每个诗人及其诗歌,其实也都包含着南北两种气质,比率有所不同而已。三十多年前,我写过一则相关的文字,后来放进了《七十二名》这组"连行诗",现抄写在此:

南方

南方或许是地域之名，但更应该定义为精神的向度。在中国，经由《南华经》、南宗禅以及南朝人物的新愁旧怨、哀痛芜翳和颓废激情，几乎能找出这一向度可能的来历。要是征引域外，那么，荷马曾被目作南方的诗性鼻祖，这种诗性"不断把清新的空气、繁茂的树林、清澈的溪流这样一些形象和人的情操结合起来。甚至在追忆心之欢乐的时候，也总要把免于被烈日照射的仁慈的阴影掺和进去……生动活泼的自然界所激起的情绪，超过了引起的那些感想……"（斯达尔夫人）相对于北方的清醒、理性、神圣、冷峻、刚毅、简明、粗砺和现实，南方从来多梦和感性，更亲近于人，更热烈、华美、繁复、细致，更具想象和幻想的力量。然而，南方又往往南辕北辙，或者，那朝向南方的行程终会绕至北方。将自身孕育成熟的纯粹的肉体，并非不生长同样纯粹的灵魂之高贵。南方仅仅远于北方，南方从不是北方的反面。不妨继续运用比喻——南方那寒冷而虚空的终点，在构成了行星宽阔曲面的几重大海背后，那里，与之相对的品质，终被包含于南方之极。

敬文东：写于二十世纪末期的《映照》一诗，和您在此之前的其他诗作有很大的区别。此前的诗大体上追求唯美，也就是通常说的对诗意的追逐。《映照》却在短兵相接一般，直接处理人（比如陈东东）和现代都市（比如上海）之间相互撕扯的关系，有一种粗粝、刺目（而非醒目）并且惊心动魄的力量。这是否意味着诗人陈东东从此开始了某种诗学转向？假如有这么回事，您又将如何命名这种转向？

陈东东：我越来越感觉到写一首诗跟写另一首诗的区别，所以我说自己变得越来越不会写诗，越来越不知道怎样写下一首诗了。也可以说，那种预先的诗歌概念、诗歌标准、理想诗歌、模范诗歌，在我这里越来越缺失，不见了。大概，这本来就是新诗极其不同于旧诗的地方，新诗要求的每一首诗之新，在于发明刚好由这首诗达成的之前未曾有过的那么一种"新诗"。诗人们发起这样的挑战，当然因为身在其中的新现实（尤其语言的新现实）的触发……现在，出于某个新动机而去完成一首新诗，是一个重新学习写作的过程——所谓因地制宜，每一次都会从开荒开始，从头来过。大概，每写一首诗就应该是一次你说的"转（zhuǎn）向"，而且要自问有没有"转（zhuàn）

向"……

这感觉或许很早就已经有，到八十年代末九十年代初就更加有意识了，更多更显然地在我的组诗和长诗那里体现出来。《映照》写于九十年代中后期，跟收入我这本四十年自选诗集的另一首《自画像》一起，属于组诗《解禁书》里的两首诗。二十年前，我跟诗人桑克也有过一次对话问答，讲起这个组诗：

> 《解禁书》的意义相当特殊，我想要用它摆脱一场噩梦。就像弄明白了恐怖到底是怎么回事儿才可能消解恐怖，祛除一种恐怖带来的阴影，我的办法是赋予它们一种形式。《解禁书》的难度在于你得下决心去直面你那刻骨铭心的题材，需要克服的心理障碍，大概不会小于一个脑病患者同意接受开颅手术所要克服的心理障碍。我注意到跟我有过相似经历的一些诗人的沉默，他们没有用诗章去处理他们的那种遭遇。我很能理解，不，很能体会这是为什么。但是我意识到，要是我的诗艺并不能处理那些令人憎厌的经验，我也就不必继续我的诗歌写作了。所以，当时对我来说这像是一道坎，它横在写作之路上，更横

在人生之路上。这首诗的写作动机跟我对诗歌写作的一贯认知不太一致,不过,既然写的是《解禁书》,我的诗歌观念也不妨又一次解禁。难度在于把噩梦嵌进诗行使之成为诗。

离得相对远一些了再回头看这段话,我还是大致说清了那次写作的意味,而且也命名了:"解禁"。这个命名差不多能够概括我诗歌写作的姿势和状况。

敬文东:您的诗对历史有特殊的兴趣,比如对眉间尺的咏颂,比如对吴国内史袁山松的悲剧性陈述,西方的历史也得到了您的同等关注。我很好奇,历史事实或历史传说应该怎么进入由现代汉语发动的汉语新诗,才配称汉语新诗?更进一步说,新诗如何让历史过往的事实获得现代性?

陈东东:有人把"历史是一个任人打扮的小姑娘"这句话归到首先提倡新诗的胡适先生名下,实在很有意思……而诗的写作对历史的处理,比诸历史写作对历史的处理,当然就更加地"任(诗)人打扮"了。亚里士多德《诗学》里关于诗的写作对象跟历史写作对象的区分,讲得要老派一些,好像是那么回事，实际上呢，历史写作的，也已经并非历史——历史写作的，终归是那个写作，那个写作的当代。我最近看到诗人西川指出当代一些人"对宋代的认识，很可能是更接近于明代、清代人对宋代的认识"。然而这也仍然不过是一种对历史的当代认识。我在将近四十年前读过的博尔赫斯那篇好玩的小说《〈吉诃德〉的作者皮埃尔·梅纳尔》，就涉及了这方面的说道。对诗之于历史而言，对诗人去关注和写作历史而言，我想也只能和只会是这样了。我对历史一直有特别的兴趣，这些年对上海的历史留意更多，往往不是为写诗，但也取材写了一些诗，比如你提到的《袁山松》，还有一首《陈阿林》（没收入这本诗选），都跟上海的历史有联系。这跟从时事、风景、感觉、思想或别的什么方面取材写诗没什么大不同——而诗人面对个别（各别）的写作材料，都应该有一番仅用之于它的诗之看待和处理方式，我以为，如此这般，就配成为汉语新诗，就具"现代性"还有"当代性"了……

我想说，所谓"现代性""当代性"已经在那里了——不妨再去读博尔赫斯那篇好玩的小说体会一下——哪怕你现在写的是那种要被以"现代性""当代性"名义淘汰的旧诗，哪怕你去从楚辞乐府或唐诗宋词那里搞"再生文本",甚至用毛笔照样抄写(更别说用钢笔铅笔圆珠笔抄写,或输入电脑手机传到网上)一首古诗,也足够"现代性"和"当代性"的。再比如写"老干体"诗,实在也难免不折射、不抹上种种"现代性"和"当代性"的"中国特色"。关乎历史(的),关乎诗人的历史意识,诗人的历史想象力之类,同样如此——要是真没有或刻意避免历史意识、历史想象力之类,难道不刚好是它们的其中之一种?一向议论很多的什么"诗的介入""诗的见证"等等,也不妨作如是观。诗被写下,就成了一个现实,就会是一种在场,想要不去"介入",不被用作"见证"也由不得你了,只不过形态程度千差万别。然而(所以)另一方面,我记得法国电影导演克莱尔有个意味深长的说法:"并不是有人想成为时代的证人,他就成为时代的证人的。有时,人们是偶然成为时代的证人的,那是在我们的后代认为他配当这个证人的时候。如果一个作家想不惜一切代价当这个证人,他反有制造出一种假证的危险。"至于"想不惜一切代价"(包括诗的代价)去"介入",情形也差不多吧,不妨看看属于我们新诗传统的那些"现代味""当代味"十足的"革命诗"。

或许再老生常谈一句:"怎么写"跟"写什么"相互牵扯,唯有随机应变,而又万变不离其"诗"之宗旨。诗人对诸如历史、现实、时代、未来和读者等的最好服务,就是最大限度地不予考虑而仅仅考虑诗,考虑诗的写作本身,如此而已。我想,对于写作者,一切问题,涌到你笔端了才成为真问题。

敬文东:您在您的诗作《全装修》里引用了史蒂文斯的一句诗:"诗是这首诗的主题"。您的已故好友张枣生前大力提倡元诗。您可否借助《全装修》这首诗,解析张枣和史蒂文斯提出的或思索过的诗学问题?

陈东东:诗人写下的每一首诗,也是关于诗本身的,比如最浅显的——每一首诗的呈现好像都在说:"诗就正该是这个样子的。"当然所有的写作必然指向正在写作的那个文体,不过这方面新诗会更在意、更强烈,因为像我前面讲到过的,每一首新诗,都有一个将自身发明为唯其所是的那么一种新诗的任务。而《全装修》可说是讽寓(allegory)之诗,它借用史蒂文斯那句诗,用意则非止于诗学那一层。诗中最与之有所关联,有所对称,有所呼应的一句,或许是"这情形相当于一首翻译诗",大概也企图以此又再添加一层,变奏"全装修"的诗意……对这首诗,诗人姜涛有过一番深入精细、识见不凡的解读,我自己反倒无能讲解它,就像一棵树肯定说不清道不明自己怎么就长成了这棵树的样子。对张枣或史蒂文斯,我也不想解析,只想继续以赞赏的心情更多阅读这两位诗人。

敬文东：您的诗从整体上说很晦涩,有时甚至晦涩到费解的地步,对所有的读者都是一种挑衅,晚近的诗尤其如此,比如《七夕夜的星际穿越》《宇航诗》《虹》等作品。您能给出一个您不得不如此做的理由吗？

还是从整体上看,您的诗倾向于预言/寓言色彩,晚近的比如《旧县》《天水》《早餐即事并一年前旧作》《东京》《杭州》《南京》《第二圈》,早期的比如《论语》《红鸟》《喜剧》等。古希腊哲人说,诗比历史更长久。您是否通过诗看见了某些我们这些常人没看见的东西？这是不是您的诗作晦涩的原因之一？

您不妨预言一下：您未来的写作会是什么样态？假如用诗来预言的话,又该是什么呢？

陈东东：我还是刚才的说法，树一定有它成为这般模样的一棵树的深刻原因，那是生长使然，生命使然。砍伐剖解分析，去做梁柱或柴薪，已不属于树的生长和生命故事了。当然也可以说，那是树之另一形态的生长和生命。在这里，谈论文艺理论或个人秘要都不相宜，一般而言，写作者为读者设想的方案，就是阅读其写下的作品，我印象里，福克纳对读者比较殷勤，他示意读者读不明白就再读一遍，又读一遍，多读的话，估计像《三国志》里说的，就会"义自见"的。而我的写作其实也属于一遍遍阅读，四十年下来，早已超百遍了。这么一遍遍以阅读自我和世界为依据去写的过程中，我有过一篇小随笔，题目叫《在某一时刻练习被真正的演奏替代》，其中说："前提是反反复复地练习，去细察、领悟、理解和把握，也许这才是我的写作……我知道，所有的练习只为了一次真正的演奏。"

现在回头看，也可能真正的演奏在一些练习的段落里已经出现，让我也让人们听到过不同寻常的希音。这是我愿意留存我的那些诗作，还从中选了100首，编成这本诗集的重要原因。它们来自我1981—2016年的短诗集《海神的一夜》，1981—2016年的长诗集《星图与航迹》，1981—2021年的《连行诗》，以及尚未完成的《地方诗》及其他诗。我没有从写于1997—1998年的诗文本《流水》选一些作品编进这个集子；我正在着手的诗歌写作，除了《地方诗》，还包括《空间》和《年表》两部长诗，一系列试着用上海话去写的《沪俳》。我预言不了我会写成什么样子，我只知道它还在生长，但愿又扩张新的年轮。

《第二圈》是我2021年的一首诗，写于六十岁生日那天，其第一节，来自但丁《神曲·地狱篇》第五歌：

> 当然，从第一圈我降至第二圈
> 　较为缩紧的圜围，却容纳着
> 　更多引起号哭的痛苦的方面
>
> 未必还有时间为证，还能踏歌
> 　探究还要幽深的恶之花
> 　乃至彻底，乃至击穿了
>
> 地狱之心，跌进，跃出，去熔化
> 　装束起精神的押韵的链条

上登水星天，更接近抵达

最后的幻象里最后的说教
　　即将背弃此生的誓约
　　以及自由意志的飞鸟

当然，第二圈，未必无月
　照见雪原
　翅影拂掠

图书在版编目(CIP)数据

过海:100首诗 / 陈东东著.—南京:南京大学出版社,2023.2
ISBN 978-7-305-26184-8

Ⅰ.①过… Ⅱ.①陈… Ⅲ.①诗集-中国-当代 Ⅳ.①I227

中国版本图书馆 CIP 数据核字(2022)第 183786 号

出版发行	南京大学出版社
社　　址	南京市汉口路 22 号　　邮　编 210093
出 版 人	金鑫荣
书　　名	**过海:100首诗**
著　　者	陈东东
责任编辑	甘欢欢
照　　排	南京紫藤制版印务中心
印　　刷	徐州绪权印刷有限公司
开　　本	880×1230　1/32　印张 13.375　字数 207 千
版　　次	2023 年 2 月第 1 版　2023 年 2 月第 1 次印刷
ISBN	978-7-305-26184-8
定　　价	68.00 元

网　　址:http://www.njupco.com
官方微博:http://weibo.com/njupco
官方微信:njupress
销售咨询热线:(025)83594756

* 版权所有,侵权必究
* 凡购买南大版图书,如有印装质量问题,请与所购
　图书销售部门联系调换